HISTOIRES NOIRES
DE LA MYTHOLOGIE

IO,
POUR L'AMOUR DE ZEUS

Clémentine BEAUVAIS
Illustrations de couverture : Aline Bureau
Dossier : Marie-Thérèse Davidson et Lise Merrien

Nathan

Pour Papa

C.B.

Collection dirigée par Marie-Thérèse Davidson

*Les * dans le texte renvoient au lexique en fin d'ouvrage.*

MIXTE
Papier issu de sources responsables
FSC® C022030

Loi n° 49-956 du 16 juillet 1949 sur les publications destinées à la jeunesse, modifiée par la loi n° 2011-525 du 17 mai 2011
ISBN : 978-2-09-257913-8

CHAPITRE 1

UN PETIT PÂTRE M'IMPORTUNE

Je m'appelle Io et j'aime trois choses : courir le long de la mer, plus vite que les oiseaux au-dessus de ma tête, sur la falaise qui s'émiette ; manger à pleines poignées les tout petits raisins violets qui mûrissent sous les feuilles des vignes brûlantes ; et enfin mes moments de fulgurance, quand tout à coup l'univers entier semble vouloir me donner des réponses…

Les fulgurances ont commencé quand j'étais petite. Je ne courais pas aussi vite que les oiseaux à l'époque, mais si je levais le menton vers le ciel, il m'était parfois donné de savoir exactement leurs états d'âme.

Celui-là a une aile qui lui fait mal quand il prend de la hauteur. Celui-là s'est disputé avec sa sœur. Celui-là… tiens, celui-là est une déesse momentanément transformée. Pourquoi nous espionne-t-elle ?

Bientôt, je *lisais* les humains, aussi – pas tous, pas tout le temps, mais beaucoup, et souvent. De petites choses d'abord : *son bébé est malade ; il est inquiet ; sa sœur va épouser un marchand de Macédoine ; il est amoureux d'elle, ce n'est pas réciproque – que va-t-il se passer ?*

Et puis plus tard, des choses plus graves et plus compliquées. Dans l'œil d'un tout petit enfant, comme s'il s'était fait, sous mon regard, aussi transparent qu'un morceau de verre, je voyais son destin en silhouettes : *il ruinera sa famille, il sera la honte de sa patrie* ; ou au contraire : *il deviendra un héros de guerre* ; ou même : *sa vie sera peu notable, mais il engendrera une fille qui engendrera elle-même un demi-dieu.*

J'ai vite appris qu'il fallait prendre des précautions avant de révéler aux gens leur destin, et qu'il y avait aussi des choses à taire. Ils beuglent d'horreur ou de désarroi quand on leur dit exactement ce que l'on voit. Alors je simplifie, j'éclipse quelques détails, je fais mine de ne pas tout savoir.

Fais attention à tes jambes. (Tu mourras bientôt écrasé par un char.)

Si les dieux sont cléments, vous aurez peut-être un enfant. (Jamais.)

Je ne peux pas savoir si elle t'aime, son esprit est obscur. (Elle te trouve bête et difforme.)

De mon propre avenir, je ne sais rien. Parfois j'ai peur qu'une fulgurance me frappe alors que je saisis mon reflet dans la rivière d'Argos dont mon père, Inachos, est le gardien. Que verrais-je, dans ce visage un peu déformé par le courant ? Je préfère ne pas y penser. Le futur, je préfère attendre d'y être…

Je secoue la tête, je me redresse, et je regarde au loin paître les troupeaux de vaches.

Je suis sortie de mon père Inachos par sa bouche. Peut-être à cause de cette naissance peu conventionnelle, nous avons l'un pour l'autre une grande affection. Je suis prêtresse au temple* d'Héra* à Argos. Je rends hommage à la déesse par les rituels et les offrandes* qui conviennent. C'est grâce à elle que mon père a fondé la ville sur laquelle il règne désormais. L'aide d'Héra nous est précieuse et sa bienveillance absolument nécessaire.

Je cherche à lui plaire :

– Ô Héra, épouse de Zeus*, toi qui as béni ces lieux par ta présence, je te sacrifie* ce jeune coq et verse son sang sur les terres que tu protèges.

(Ou cet agneau, ce petit veau, etc.)

Il paraît qu'elle m'a choisie pour cette tâche car elle me trouvait jolie, donc il me semble que j'ai ses faveurs. J'en suis assez fière. « Les faveurs d'une déesse sont aussi sujettes à changement que la pâleur du ciel ou l'humeur de la mer », m'a dit mon père.

Mais j'ai du mal à croire que mon existence sera un jour autre chose qu'un ciel pâle, une mer de bonne humeur et une déesse paisible.

Ce matin j'ai remarqué près du temple, dans la lumière mielleuse, un jeune homme qui ressemblait à un berger. Je me suis approchée, parce que je ne le *lisais* pas bien, et les gens que je ne *lis* pas bien m'intriguent. Ses yeux, deux billes noires, me fixaient.

– Tu t'es perdu ? ai-je demandé.

– Oui, a-t-il répondu. Mais avec ton arrivée, je viens de me retrouver…

Il mâchait un brin d'herbe comme le font dans la vallée les garçons vachers.

– Où cherchais-tu à aller ?

– Ici. Sauf que je ne le savais pas, jusqu'à ce que j'arrive.

– Je ne comprends rien à ce que tu racontes, ai-je dit. Je te laisse, j'ai des choses à faire.

– Je croyais que ton rôle était d'interpréter la parole des dieux, a-t-il ricané tandis que je m'éloignais.

Je me suis retournée, mais il n'était plus là. Sa voix venait maintenant de ma gauche : il s'était déplacé à une vitesse stupéfiante, et se trouvait à présent derrière une colonne colorée.

– Oui, justement, ai-je répondu, un peu agacée. Je

vais interpréter celle d'Héra, qui m'a choisie pour être sa prêtresse dans le temple d'Argos.

– Tu en es fière ?

Il avait à nouveau disparu. Voilà qu'il se trouvait à droite, perché sur un muret, une jambe repliée sur l'autre.

– Très.

Il a bâillé.

– Héra a bon goût. Et tu as de la chance qu'elle soit pour l'instant ton alliée. Elle peut parfois être un peu… difficile à vivre.

J'ai regardé autour de moi dans toutes les directions, anxieuse à l'idée que la pierre du temple, tout imbibée de ce blasphème, ne le murmure à la déesse dont elle abritait le rite. Ce berger aimait jouer avec le sort.

– Tu es fou de dire ça ici ! Tu n'as pas peur d'elle ? ai-je murmuré.

– Si, a admis le berger. Elle est terrifiante, surtout quand on la contrarie.

Un petit instant plus tard, juste le temps qu'un cheveu volette, dans un mouvement de vent, de mon oreille à ma joue, le garçon vacher était tout près de moi.

– Hélas pour moi, a-t-il soufflé, je la contrarie souvent.

Et il m'a volé un baiser.

Alors je lui ai donné une claque, et je suis partie en courant.

CHAPITRE 2

MAUVAIS PRÉSAGES

N'allez pas croire que je n'aie aucune idée de la vie et de toutes les choses qui vont avec. Ce n'était pas la première fois qu'un garçon imaginait qu'il pourrait m'embrasser, et ce n'était pas la première fois que la paume de ma main entrait en contact avec une joue de la sorte. C'est un mouvement qui est devenu réflexe, presque ennuyeux, dans les collines d'Argos où il ne se passe rien. Parfois c'est un berger, parfois un marin, parfois un soldat. Parfois c'est un homme dans la force de l'âge, vingt-cinq ans, qui n'aurait aucun mal à se trouver quelqu'un ailleurs ; parfois c'est un vieillard de quarante ans, parfois même un gamin de douze ans.

Un seul remède universel : la gifle.

Et puis une prière : « Pardonne-moi, Héra, qui bénis ces lieux, d'avoir collé une gifle à cet homme qui venait te rendre grâce. Il cherchait à me distraire de mon devoir envers toi. » (Et en plus sa barbe sentait le poisson frit.)

Mon père, levant les yeux au ciel :

– Io, tu ne peux pas frapper tous les hommes qui viennent te dire bonjour. Je vais avoir une réputation de très mauvais hôte.

– Dans ce cas-là, père, impose-leur de me dire bonjour autrement.

En d'autres termes, je sais parfaitement me défendre, merci bien. Un jour, alors qu'un soupirant particulièrement insistant me suivait hors du temple, son outre clapotant le long de sa hanche, ses halètements de fatigue envahissant l'espace – je n'entendais plus les pins se parler, ni même la mer, tout était rempli de ses inspirations révoltantes –, j'ai coupé à travers champs et j'ai escaladé un olivier torturé, parmi les branches en forme de serres de harpie*. Autour de moi, les bœufs et les vaches suivaient mollement des yeux le gêneur, qui s'était arrêté à quelque distance pour m'observer. Moi, j'ai fixé mon regard sur un petit veau blanc-bleu qui ne pensait qu'à une seule chose (*lait*). J'aurais aimé être ce veau dont la vie était simple.

Et tout à coup, sans prévenir, un taureau a foncé sur celui qui me poursuivait, et l'homme est parti avec de grands cris en battant fortement des bras comme s'il voulait, à la manière d'Icare*, s'envoler dans les airs.

Heureusement que j'ai les éléments naturels de mon côté et que je sais me débarrasser de ceux qui m'importunent.

Mais ce soir-là, en rentrant au palais après mon service au temple, je n'étais pas à l'aise. Les servantes le remarquaient – je voyais confusément leurs pensées, comme des fumées, composer des images fuyantes. La plupart reflétaient mon visage pensif, tandis que d'autres, et c'était là assez intéressant, se concentraient sur ma main droite. Et ces visions de ma main – celle qui avait giflé – se métamorphosaient dans leurs esprits, se faisant griffe, aile, sabot, comme si c'était la main d'un monstre.

Pourtant ma main était tout à fait normale, parée très simplement d'une petite bague en or signifiant mon appartenance au royaume et au culte de la déesse Héra.

– Mangeras-tu un peu ? m'a demandé ma servante Amphosine comme si j'étais malade.

– Bien sûr, quelle question !

Et pour prouver que j'étais en parfaite santé, j'ai mordu fermement dans un pain, avalé presque d'un coup deux verres de vin, englouti quatre petits poissons salés.

Mais tout cela avait du mal à passer. La main qui avait giflé me brûlait. Autre chose me brûlait, ailleurs – comme si l'on avait allumé une petite bougie dans ma poitrine, contre mon cœur, abritée par ma cage thoracique. Je repensais au berger insolent, à l'étrange rapidité avec laquelle il se déplaçait, à ses paroles confuses et moqueuses. Il avait prétendu connaître la déesse ; qui était-il ? Peut-être un satyre[1], peut-être un esprit. Peut-être un demi-dieu.

Peut-être…

Mais mon père arrivait à grands pas.

– Ma fille, crois-tu que la déesse soit fâchée ?

– J'espère bien que non, ai-je répondu. Pourquoi ?

– Les présages sont étranges. On nous annonce des choses dont je n'aime pas du tout la teneur. On parle d'une vallée aveugle. Notre vallée, Io.

– Une vallée aveugle ? (J'ai émis un petit rire.) Père, notre vallée compte des centaines de personnes tout à fait heureuses qui se promènent paisiblement, en ce moment même, la contemplant de tous leurs yeux.

– Cet état de choses peut vite changer. Tu sais qu'il y a bien des moyens de rendre aveugle quelqu'un qui aurait même mille yeux. Il suffit de faire en sorte qu'ils se ferment les uns après les autres, pour ne plus jamais se rouvrir.

Je suis retournée à mon verre de vin.

– Tu sais, père, ce que je pense des faux devins* dont tu écoutes les présages. Quand ils ne sont pas inspirés, ils s'ennuient et imaginent toujours le pire.

1. *Créature champêtre mi-homme, mi-bouc.*

– Tout ce que j'essaie de te dire, a insisté mon père, et son front plissé était lui-même devenu aussi vallonné qu'Argos, c'est qu'à la lumière de ces prémonitions, il serait raisonnable de faire en sorte de ne pas offusquer la déesse.

– Père ! ai-je crié alors qu'il s'éloignait dans le couloir sombre, entre les flammes des torches qui léchaient les murs colorés. Père, quand ai-je jamais offusqué la déesse ?

Il s'est retourné. Il a semblé hésiter, puis il a dit :

– Tu as eu seize ans il y a quelques jours. Il serait sage de te rappeler que la déesse a dû remarquer à quel point tu es…

– À quel point je suis quoi ?

Silence, puis il a grommelé :

– À quel point tu es grande.

Mais je ne suis pas grande. Je suis même plus petite que la plupart de mes servantes.

Il veut dire autre chose. Il veut dire *belle*.

Je sais que je suis belle. Et pas seulement parce que je dois donner une quantité invraisemblable de gifles à des hommes qui m'ennuient. Je le sais parce que j'entends les efforts des branches de pins pour s'écarter de mon visage quand je passe entre les arbres sur la falaise, alors qu'elles griffent sans précaution les joues de mes amies. Je le sais parce que les vagues font attention à ne pas me tourmenter quand je me baigne, alors même qu'elles s'amusent à balancer mes cousines contre les rochers.

Et je sais aussi, confusément, que la beauté des jeunes filles agace la déesse, alors même que nous l'aimons tant et que nous faisons tout pour lui rendre hommage. Parfois je lève les yeux vers son autel, j'observe intensément sa statue aux couleurs vives, et alors je sens, comme au plus profond de mon corps, une fièvre qui m'oblige à baisser le regard. Non pas comme si la déesse m'imposait le respect, non, plutôt comme si – mais comment l'expliquer sans paraître présomptueuse ? – plutôt comme si la déesse ne supportait pas, mue par une sorte de jalousie, de sentir sur elle mon regard.

Nous savons toutes que la déesse est très jalouse. Mais ce savoir doit rester secret, enfoui dans les abysses de nos cœurs, quand nous nous occupons de son temple.

Parfois, quand j'y réfléchis le soir, il me semble étonnant, voire un peu triste et, voire – presque – pitoyable, qu'une déesse, éternelle et immuable, dont la beauté divine jamais ne mollira, ne s'affaissera, ne s'amoindrira dans l'Olympe*, puisse être jalouse d'une jeune mortelle, quelle qu'elle soit, aussi belle qu'elle soit, avec ses dents qui ne garderont leur blancheur que le temps d'une petite vingtaine d'étés, son front si prompt à se rider, ses seins qui bientôt pendouilleront comme des mamelles de chèvre. Et ses yeux qui un jour, très vite, se fermeront à jamais.

CHAPITRE 3
VISITE NOCTURNE

Quand je vais me coucher ce soir, la chambre me semble brûlante. Il ne fait pourtant pas si chaud dehors, mais je me débarrasse de tous mes voiles, de tous mes ornements, pour m'effondrer sur ma couche absolument nue. La lune est très pleine et colore en blanc les coins des quelques meubles, les plis des draps.

Mon dîner me reste sur l'estomac. Comment s'endormir quand on entend dans les murs les petits rats se dépêcher, et par la fenêtre les hiboux organiser des stratégies pour la chasse du soir, et juste au-dessus de sa tête les mousses pousser, paresseusement, dans un coin humide du plafond ? Il est parfois difficile d'être si poreuse aux bavardages du monde, de tout entendre et de tout savoir.

– Morphée[1] n'est pas au rendez-vous ce soir ?

Je pousse un hurlement et me recule sur ma couche, me recouvrant de tous mes voiles et tous mes draps à la fois, jusqu'à ressembler sans doute à un bébé dans ses langes. À la fenêtre, le visage obscurci, mais les folles mèches de cheveux reconnaissables, vient d'apparaître le petit pâtre de tout à l'heure.

– Va-t'en immédiatement ! je rugis.

– Mais j'ai fait tellement d'efforts pour venir, dit le berger d'un ton boudeur.

– Je vais hurler et mes servantes se précipiteront.

– Ah, considère le berger, ce serait ennuyeux. Déjà que, toute la soirée, elles ont formé un mur autour de toi et t'ont bourrée de nourriture comme si tu étais un veau à engraisser.

– Comment tu le sais ? Tu es entré dans le palais ?

L'idée de ce pâtre se promenant parmi les colonnes de la maison de mon père me révolte.

– J'ai écouté aux portes, prétend le berger.

Les portes sont en bois et épaisses comme la longueur de mon avant-bras.

– Comment es-tu entré dans le jardin ?

Il hausse les épaules.

1. *Dieu des rêves. C'est lui qui endort les humains.*

– J'ai sauté.

Les murs sont plus hauts que trois hommes montés sur les épaules les uns des autres.

– Et où as-tu trouvé une échelle pour grimper jusqu'à ma fenêtre ?

– Qui te dit que j'ai utilisé une échelle ?

D'un geste leste, il s'infiltre dans la chambre, passant à travers l'ouverture comme un chat.

– Je vais hurler d'abord, je le préviens, et ensuite je te déchiquetterai les yeux avec mes ongles.

– Ce n'est pas très gentil, proteste le berger.

– C'est toi qui n'es pas très gentil, dis-je un peu bêtement, d'entrer dans ma chambre sans me demander mon avis.

– C'est une mauvaise habitude que j'ai, admet le pâtre. On me le reproche souvent.

Il arpente ma chambre, touche du bout des doigts ma chaise sur laquelle est drapée une cape, puis s'approche de la cage en bois où dorment mes deux petits oiseaux dont les chants me réveillent le matin. Alors qu'il est près d'eux, les oiseaux se réveillent soudain, et le voyant, se mettent à pépier joyeusement comme s'il était le soleil même, ou qu'ils avaient vu le jour dans ses yeux.

Je lui demande :

– Tu vas repartir, ou je te jette hors de la chambre de mes propres mains ?

– Honnêtement, je préférerais que tu me prennes

dans tes bras. Je pense que je suis tombé très amoureux de toi depuis quelques jours.

– Sors d'ici, je murmure, secouant malgré moi la tête.

Le pâtre scintille dans les rayons de lune, comme s'il était en argent.

– Je ne comprends pas, dit-il en s'appuyant contre le mur. Je pensais pourtant te plaire, étant donné que je suis un jeune homme de seize ans.

J'éclate de rire, un peu désarmée par sa voix toute désolée.

– Les jeunes gens de seize ans ne m'intéressent pas spécialement.

– Qu'est-ce qui t'intéresse ?

– Les honneurs que je rends à la déesse, je réponds en fronçant les sourcils.

– Bien sûr.

Il soupire, s'avance lentement vers moi, et continue à parler comme pour lui-même :

– C'est quand même incroyable. J'ai l'impression que chaque fois que je choisis une apparence* que je pense idéale – chaque fois que je me fais beau dans le but de plaire –, ça ne marche pas du tout. On arrive tout jeune et tout fringant, et apparemment les femmes préfèrent qu'on ressemble exactement à leur mari, ou à un cygne, ou à une pluie d'or.

– Qu'est-ce que tu veux dire : « Je choisis une apparence que je pense idéale ? »

Tandis qu'il s'avance, la lumière de la lune oscille étrangement sur son petit corps noueux de jeune berger. Je m'écrie :

– Mais qui es-tu ?

Alors une transformation se produit.

Ses cheveux bouclés, comme agités d'un souffle propre, se recroquevillent et s'étalent comme des petits serpents. Son nez fin, son front plat, ses joues rondes se creusent d'ombrageux vallons.

Mon pressentiment ne m'avait pas trompé : ce n'est pas un berger, c'est quelqu'un – quelque chose – d'autre – un esprit, un demi-dieu peut-être ! Je répète, avec plus d'effroi :

– *Qui es-tu* ?

Et voilà qu'il se place exactement devant moi, et il est maintenant tout à fait transformé : il n'a plus le corps fin et glabre, le visage frais et doux, les mains lisses et bronzées du petit berger, mais le torse gigantesque et musclé, les joues barbues, les sourcils sombres, les mains et les bras traversés de veines et de tendons d'un homme de vingt ans plus âgé.

Un homme ? Non. Un esprit ? Pas davantage…

Un demi-dieu ? Non.

Mais un dieu alors ?

Le roi de tous les dieux.

C'est Zeus.

– Ah non, relève-toi, dit-il en me voyant tomber à

genoux. Tu ne vas pas aussi sacrifier l'un de tes oiseaux pour mon culte, tant que tu y es ? Je suis ici pour te séduire.

– Seigneur, je l'implore, les yeux rivés au sol, seigneur, malgré tous les honneurs dont ta présence me comble, je te supplie de partir – je te conjure de me laisser.

– Ma présence est un honneur, maintenant ? Tu as changé d'avis plutôt rapidement.

Et lui, il a changé de corps... Même agenouillée, je ne peux dissiper la vision que j'ai eue de lui, quelques secondes plus tôt, massif et élancé, debout devant moi.

– Seigneur, lui dis-je à nouveau, tu es l'époux de la déesse à qui je dévoue ma vie. Je te demande de ne pas m'imposer ta présence alors que je ne souhaite que celle d'Héra.

– C'est toujours un problème, cette histoire d'Héra, soupire le dieu. (Il s'assied sur ma couche, qui craque doucement sous son poids.) Tu sais, elle en a vu d'autres.

Je le sais. Et je sais aussi que la plupart des *autres* ont eu leur lot d'atroces souffrances.

– Je t'en prie, je t'en supplie, pars !

L'idée de son corps sur mon lit me fait trembler de la tête aux pieds.

– J'ai l'impression que tu me préfères quand je fais

un âge plus mûr, constate-t-il. C'est bien la peine de se rajeunir. Tu ne voudrais pas venir t'asseoir à côté de moi, qu'on en discute ?

– Seigneur, dis-je en me relevant – et cette fois je le fixe dans les yeux –, je t'ordonne de quitter cette chambre. Je ne peux honorer ton désir. Par ta simple présence ici, je risque la colère mortelle de la déesse. Si tu étais généreux et soucieux de moi, tu ne serais même pas venu ici. Personne mieux que toi ne connaît le triste sort réservé par ton épouse à celles dont tu as partagé la couche.

– Pas faux, reconnaît le dieu, et il se passe la main sur la nuque – ses bras sont tout un paysage montagneux.

Il se relève, immense, et dégage de mes joues enflammées une mèche de cheveux.

– Je vais partir, dit-il, mais je reviendrai. Avec une solution.

Ses doigts s'attardent sur mon menton, qu'il relève doucement.

– Car il me semble que, m'ayant vu sous une forme qui m'est confortable, c'est finalement la colère de mon épouse que tu crains, plutôt que la perspective de m'avoir comme amant.

– Ce n'est pas vrai, je murmure, je n'ai absolument aucune envie…

Mais cette fois, quand il se penche pour m'embrasser

les lèvres, il ne me vient pas à l'esprit de lui flanquer une gifle.

Un son léger, comme une cloche de cristal, et – *ting !* – il a disparu dans la nuit.

CHAPITRE 4
CONVERSATIONS AVEC LE ROI DES DIEUX

Les jours suivants sont une torture.

Comment s'approcher de la déesse, comment contempler son beau et sévère visage de marbre, comment embrasser les plis de porphyre de sa robe, lorsque l'on a vécu ce que j'ai vécu ? Comment dire, comment même penser les mots : « Déesse, je rends grâce à ta bonté et à ta sagesse », lorsqu'on l'a ainsi trahie – lorsqu'on continue ainsi à la trahir ?

Car je la trahis par chacune de mes pensées et chacune de mes actions.

Je la trahis par la vision que j'ai, en permanence,

comme si un malicieux génie me l'avait peinte à l'intérieur de l'œil, du corps sculpté de son époux accrochant la lumière de la lune. Je la trahis par la voix ample et mélodieuse que j'entends encore résonner dans mes oreilles, au lieu d'écouter les paroles de ceux qui viennent pour rendre hommage à la déesse, et que je trahis, eux aussi, en pensant à tout à fait autre chose. Je la trahis par la transpiration qui désormais recouvre mes bras, mes jambes, mon ventre, d'un fin lacis de sel. Je la trahis chaque nuit, dans l'impossibilité du sommeil, entre les draps que je ramasse autour de moi pour respirer à nouveau l'odeur céleste, musc et benjoin, de celui qui s'est assis dessus.

Je la trahis par l'angoisse que j'ai, gorge nouée comme une corde de bateau, que Zeus revienne ; et je la trahis par le désespoir que j'ai, noir, pesant et douloureux comme un corbeau sur mon épaule, qu'il ne revienne pas.

– Tu sembles fiévreuse, me dit mon père.

De fait, dans les miroirs glacés, je vois mes yeux larges et mouillés comme ceux des veaux, mes joues rougies, mes cheveux collés par la sueur à mon front, et je n'arrive pas à décider si j'ai l'air en pleine santé ou à l'article de la mort.

– Tu ne manges pas ? s'étonnent mes amies, les autres prêtresses du temple, alors que nous marchons le long de la falaise.

Elles grignotent des figues presque aussi grosses que des grenades et déchirent de bons morceaux de pain moelleux.

– J'ai beaucoup mangé plus tôt, je prétends, mais en réalité mon estomac refuse depuis quelques jours toute nourriture.

– Les présages sont de plus en plus mauvais, dit nonchalamment Euristie, qui s'étale dans une lavande sauvage où vrombissent les abeilles. Savez-vous ce que j'ai entendu ce matin ? Selon certains, il fera dans trois jours entièrement nuit sur la vallée, pendant toute la journée.

– N'importe quoi, s'exclame Alétha, c'est impossible ! Il ne peut pas faire nuit pendant la journée !

– Ce ne sera pas une nuit noire, précise Euristie. Ce sera une nuit comme poudrée d'or pur. Mais nous dormirons tous, et personne ne la verra.

– Dormir ! je soupire. Si seulement je pouvais dormir.

– Si personne ne la voit, comment saurons-nous qu'elle s'est produite ? rétorque Alétha. C'est une hypothèse invérifiable.

Alétha est toujours très sérieuse. Elle mange son pain après l'avoir découpé en triangles isocèles.

– Le vieux devin parle de grande trahison, ajoute Mélanie qui s'allonge au côté d'Euristie. On a vu passer l'ombre d'une jeune fille séduite.

Je sens mon visage s'enflammer, et me détourne vers

la mer. Le vent chargé des larmes marines apaise à peine mes joues brûlantes.

– Tu ne viens pas t'asseoir, Io ? m'appelle Euristie.

Je ne réponds pas.

– Il faudrait que la trahison soit bien grande, et la jeune fille bien séduite, pour aveugler toute une vallée, commente Alétha.

J'entends l'outre passer de fille en fille. Ma propre gorge est sèche comme le désert, mais j'arrive à peine à boire.

– C'est triste, observe Mélanie, que certaines jeunes filles soient elles-mêmes aveuglées par l'amour au point de se laisser séduire par ceux qui leur veulent du mal. Pas étonnant parfois que leur aveuglement s'étende à tout un royaume.

– Mais que faire ? glousse Euristie. Parfois les hommes sont simplement trop beaux, et le moment trop parfait pour le laisser passer !

– Euristie ! s'écrie Alétha, choquée.

– Quoi ? Je ne dis pas qu'il faut le faire ! Mais je peux les comprendre. Il y a certains hommes qui...

J'entends par les rires étouffés que Mélanie a commencé à chatouiller Euristie, puis toutes deux disparaissent dans la lavande. Alétha s'avance vers moi, me lance d'un ton pincé :

– Et toi, Io, que penses-tu de ces présages ?

– Je ne sais pas, je réponds rapidement. Je ne sais rien du tout à ce sujet.

– S'il y a en ce moment une jeune fille dont le comportement pourrait justifier un tel malheur, murmure Alétha, comment la trouver ? Et que pourrait-on faire pour la convaincre de ne pas s'égarer ?

Je secoue la tête.

– Je ne sais pas, Alétha. Je ne sais pas... Je ne sais pas s'il est juste d'affirmer que c'est complètement sa faute.

Alétha me contemple, éclate de rire :

– De qui pourrait-ce être la faute ?

– J'essaie simplement, dis-je avec sévérité, j'essaie simplement, comme Euristie, de la *comprendre*.

Alétha hoche la tête et se retourne vers la lavande, qui oscille vivement.

– Ce qui est sûr, c'est qu'il y a dans cette vallée plus de perversités et de trahisons qu'elle n'en peut contenir, lâche-t-elle après un long silence.

Ce soir-là, il revient.

Mais il n'entre pas dans la chambre. Il reste accoudé à la fenêtre, comme perché sur une échelle – dont je me doute bien qu'elle n'existe pas –, et on discute pendant plusieurs heures.

Il est sous son apparence de la dernière fois, et il me parle de son quotidien. Beaucoup d'Héra, avec qui son mariage a toujours été une catastrophe.

– C'était un mariage arrangé.

Je le savais, évidemment, mais l'écouter en parler me

fait prendre la mesure de tout l'ennui qui peut naître d'une telle union.

– Elle n'est pas jalouse parce qu'elle m'aime ; elle est jalouse car elle est soucieuse de nos réputations, de notre statut, de notre dignité. Jamais un mot gentil à mon égard, jamais une tendresse ni une parole de réconfort. Par contre, dès que j'en cherche ailleurs, tout de suite, c'est la crise.

– Peut-être qu'elle t'aime à sa façon.

– Écoute, ça fait des milliers d'années qu'elle se comporte ainsi, et je n'ai jamais détecté la moindre étincelle d'affection.

Par moments, allongée sur ma couche, l'écoutant parler, je me secoue un peu. *C'est ridicule, Io. Le roi des dieux te parle de ses problèmes conjugaux.* Mais il en parle avec sincérité ; et je suis émue malgré moi.

– Ce doit être difficile pour elle de voir à quel point tu aimes… – comment dire ? – descendre sur terre pour avoir des aventures ; et que tout le monde le sait.

– Mais elle pourrait faire exactement la même chose ! Qu'est-ce qui l'en empêche ? C'est elle qui se l'interdit, glaciale comme elle l'est.

Peut-être a-t-il raison – peut-être la déesse est-elle injuste envers lui, froide et mauvaise ? Je l'avais toujours vue comme une épouse triste et bafouée, incapable de retenir son mari cavaleur. Maintenant je commence à me dire qu'elle a tout fait pour qu'il agisse ainsi…

– Quand je vois que sur terre les mortels peuvent s'aimer entre eux sans se déchirer, sans ces colères célestes, sans ces épuisantes disputes, je les envie, dit Zeus, appuyant son menton barbu sur son poing. Dans l'Olympe tout prend si vite une proportion planétaire.

Je l'observe dans la semi-obscurité avec une pitié mêlée d'attente. Va-t-il enfin entrer dans la chambre ? Je n'ose m'avancer vers lui, pourtant mes mains, spontanément, chercheraient à le réconforter – seulement en lui caressant les épaules ou la tête, rien de plus –, il n'est pas naturel de rester si distante de quelqu'un qui vous confie ses chagrins et ses regrets…

– Alors, quand j'observe la fraîcheur avec laquelle les jeunes femmes, qu'elles soient paysannes ou princesses, et les jeunes nymphes* et les demi-déesses se promènent au bord des lacs ou s'endorment près d'une rivière, c'est plus fort que moi : j'ai envie de descendre sur terre. C'est tellement envoûtant, cette légèreté et cette douceur, quand tout ce que l'on voit à longueur de journée, c'est l'orage des hauteurs de l'Olympe, et le visage immuable, fermé, de mon épouse et de mes frères et sœurs…

Et il en parle si bien, de ces jeunes femmes alanguies, que j'en tombe presque amoureuse moi aussi. Il a raison, il n'y a rien de mieux au monde que d'avoir seize ans et de pouvoir courir dans les prés, les voiles déployés derrière soi. Même s'il faut au bout du compte vieillir, mourir, je n'échangerais pas mon sort contre celui des dieux et des déesses…

Il en parle si bien que j'ai envie de lui offrir un peu de ma jeunesse.

– Tu ne vas pas entrer ? finis-je faiblement par lui dire, pétrissant les draps de mes doigts de pied.

– Non, tu l'as toi-même dit, ce ne serait pas du tout correct vis-à-vis d'Héra, répond Zeus.

– Ah bon, je murmure, sans bien comprendre.

Cela fait des heures qu'il me parle de la méchanceté d'Héra, et voilà que tout à coup il est important de respecter les convenances ?

– Je ne veux pas ruiner ton existence, dit-il encore. Tu es sa servante au temple, et si elle venait à entendre parler de notre rencontre, tu serais bannie du royaume, et sans doute pire encore.

Je murmure : « C'est vrai », mais à l'intérieur de moi tout se contracte. Il ne va pas entrer ! Il ne va pas me rejoindre ! Je ne vais pas pouvoir le réconforter…

– Je dois y aller, dit Zeus, et littéralement il s'éclipse, comme si l'obscurité engloutissait lentement son corps musclé.

Le lendemain soir, il revient.

Il me parle aujourd'hui de ses enfants, de son enfance

à lui, de ses batailles avec son père, et encore de son ennui.

À nouveau il refuse d'entrer. Trop risqué, à cause d'Héra.

J'ai du mal à ne pas détester celle que j'adorais tant, à peine quelques jours auparavant. Dans le temple je regarde son front dur, que je voyais noble, qui m'apparaît désormais hautain ; ses mains solides, que je croyais justes, que je perçois à présent comme froides, incapables de caresser un visage triste ; ses yeux que le sculpteur a peints fiers et fixes, et qui me semblent aujourd'hui aveugles et mauvais. J'ai envie de lui crier : *Ton mari a besoin de toi, déesse, occupe-toi de lui !* Mais au lieu de cela je dois continuer à lui rendre grâce. Dès lors, je ne me sens plus coupable de nourrir à l'égard de Zeus un désir illicite. Je me dis : *Elle le mérite.*

Je suis simplement épuisée de ne pas voir ce désir exaucé.

Alors ce soir-là, quand Zeus revient de nouveau s'accouder à la fenêtre, sans poser même un petit doigt au-delà de l'encadrement, je me lève de mon lit et marche vers lui.

– Tu peux entrer, seigneur, si tu le veux.

– Tu sais bien que c'est impossible.

– Mais pourquoi ? je m'écrie, et tout en moi est un feu de forêt. Tu es le roi, tu fais ce que tu veux !

– C'est trop dangereux pour toi.

Je grogne et virevolte sur moi-même, dévorée de désespoir. Puis je lui jette, d'un ton de reproche :

– Tu avais dit que tu trouverais une *solution*. Il y a quelques jours. Tu l'avais dit.

– Oui, opine Zeus après un silence. Je sais.

Il médite un instant. Puis :

– J'ai en effet trouvé une solution, mais elle est assez… radicale.

– Dis-moi ! Oh, dis-moi !

Je m'affaisse près de la fenêtre, et cette fois il allonge un bras pour m'attraper la main et la porter à ses lèvres.

– Je peux, demain, faire tomber sur la vallée comme un voile qui la protégera du regard des dieux.

– Un voile ?

– Plus exactement une nuée. Une nuée d'or, à vos yeux fine comme cette poussière qui danse dans le soleil le matin, mais aux yeux des Olympiens tout aussi obscure et impénétrable qu'un mur.

– Et grâce à cette nuée tu pourrais… (la pensée me fait frissonner de la tête aux pieds), tu pourrais entrer dans ma chambre ?

– Sans doute. Mais ce n'est pas sans risques.

– Je suis prête à prendre tous les risques.

Les yeux de Zeus, soucieux, brillent d'un éclat de métal.

– Dans ce cas, dit-il, lâchant finalement ma main, tu

sauras d'où vient l'étrange brouillard doré qui baignera la vallée demain. Et je reviendrai, si tu m'attends.

Je hoche la tête, ma voix peine à sortir, mais finalement j'arrive à dire :

– Je t'attendrai.

CHAPITRE 5
ENCHANTEMENTS

Le lendemain, je déambule comme quelqu'un qui craint, à tout instant, d'être foudroyé. Comment décrire ce monde subitement crispé ? Le soleil éclatant sous lequel je marche, en nage, trébuchant sur chaque caillou, pour aller au temple ; les voix chuintantes des plantes et des oiseaux que je rencontre, et qui tous semblent savoir ce qui va se passer – je crois entendre partout : *Io est troublée*, comme si eux aussi avaient accès à mon esprit. Et autour de moi j'entends également les pensées de mes amies, je vois leur front plissé : *Que se passe-t-il aujourd'hui, l'air est si chaud et si pâteux ? Nous allons toutes nous endormir si cela continue…*

Au temple, l'écho de chaque petit choc de métal contre le marbre semble plus pointu, plus sonore que d'habitude. Je ne parviens pas à lever le regard vers la fière déesse. Les autres statues, les objets nécessaires au culte me brûlent les yeux de leur éclat de bronze, comme incendiés. Mes voiles me collent au corps.

Dehors la mer est étrangement plate, flasque, comme de l'huile dans une vasque.

Et tout à coup, alors que le soir n'est pas encore tombé, l'enchantement commence…

C'est d'abord le jour qui se transforme. Les vives couleurs du temple et des statues s'adoucissent, comme caressées par le soleil couchant, alors que le soleil, je l'ai vu, galope encore à mi-hauteur dans le ciel.

– Quelle étrange lumière, commente Euristie. (Elle agite les doigts en l'air, remarque :) On dirait que notre peau est toute teintée…

Elle cherche la source de ces rayons. Le temple a peu d'ouvertures, et pourtant on dirait que quelqu'un l'a ouvert, comme une boîte, pour y laisser entrer cette lumière dorée.

Autour on s'étonne, on se bouscule, on sort.

Dehors la vallée est entièrement teintée d'or.

– Qu'est-ce que c'est ? s'écrie Mélanie. Une invasion de scarabées ?

C'est vrai que l'on pourrait croire que des milliers

d'insectes dorés sont suspendus dans le ciel, pour lui donner cette apparence granuleuse et chatoyante. Pourtant autour de nous l'air est pur ; c'est simplement comme s'il avait changé de texture…

– C'est ce que le vieux devin a prédit, murmure Euristie. Notre vallée étouffée, aveuglée…

– J'ai tellement sommeil, bâille Alétha.

Et l'une après l'autre mes amies se posent comme des petits oiseaux à même le sol de sable et de cailloux, et s'endorment.

Moi, je rentre au palais. Tout le monde alentour s'est endormi au beau milieu de ses activités. Des bergers ronflent sur leurs moutons comme sur des oreillers. Des cueilleurs de raisin sont assoupis, la tête posée sur des feuilles de vigne. Les gardes du palais appuyés à leurs lances dorment paisiblement.

Le roi, mon père, sur son trône, fait la sieste.

Tout semble poudré de pollen.

Zeus m'attend dans ma chambre.

C'est la première fois que je le vois, sous cette apparence, à la faveur de ce drôle de jour et non après la tombée de la nuit. Il n'est plus noir-blanc-gris, mais miel et ambre. Son corps, adouci par la nuée, semble rayonner, comme trempé dans l'or liquide.

– Je pense que la solution a fonctionné, me dit-il, et il s'apprête à m'attirer à lui – mais c'est moi qui me précipite dans ses bras.

– Attendons que le voile se soit totalement épaissi, chuchote-t-il.

Hors de question : je suis trop impatiente. Je l'ai déjà tiré jusqu'à ma couche. Je le vois jeter un regard anxieux à la fenêtre, derrière laquelle la vallée scintille et oscille, comme baignée de ce vin blanc sirupeux que l'on boit en plein été.

– L'enchantement n'est pas encore… dit-il, mais je l'interromps de mes baisers.

Alors il cède, et se laisse faire, et tant pis si la nuée n'est pas tout à fait assez opaque pour qu'on y disparaisse.

Nous nous sommes endormis, réveillés, rendormis, réveillés, rendormis, et chaque fois la couleur de la chambre et de nos corps avait changé, s'assombrissant au fil de la nuit, mais sans jamais noircir – d'abord la luminescence de l'huile d'olive, puis l'épaisseur du jus de pêche, jusqu'à s'installer, vers minuit, dans une rousseur de sucre cuit… Au petit matin l'air reprend une nouvelle blondeur, le soleil filtre un peu à travers la nuée, mais le palais reste muet et endormi.

– Il nous reste du temps ?

– Encore quelques heures…

Encore quelques heures, et ensuite ? Je peste contre ce charme qui va s'évanouir, contre ce ciel et cette vallée qui vont retrouver leurs tons froids, les arbres et les herbes et la mer qui vont renvoyer au ciel son éclat pâle, sans l'adoucissement de cette nuée d'or.

J'ai demandé à Zeus mille fois : « Tu reviendras bientôt ? »

Il a répondu : « Écoute, profitons déjà du moment que nous avons. »

Mais mon ventre se tord de ne pas savoir si une nuit et une journée comme celles-ci auront lieu à nouveau. À mesure que l'or disparaît de l'air, comme un sablier qui se vide, je m'agrippe de plus en plus aux draps, à Zeus, à ses cheveux et à ses épaules, au point que je griffe sa peau d'où ne peut couler aucun sang.

– Je vais devoir partir, commence-t-il à me dire.

– Mais non, regarde, il fait encore tout doré dehors !

– Sois raisonnable, plaisante-t-il nerveusement, bientôt la nuée sera entièrement dissipée…

– Reste encore un peu, je te jure que l'air est encore très épais, on croirait qu'une poussière de blé étouffe le palais…

Il reste !

– Il faut vraiment que je parte, maintenant, Io. C'est pour ton bien que je dis cela : je cherche à te protéger, comme tu me l'as demandé il y a quelques jours…

– Il y a quelques jours je ne savais rien ; reste encore un peu, tout est silencieux, écoute ! Aucune âme n'est réveillée, il n'y a même pas un oiseau qui chante…

Il reste encore…

– Je dois partir maintenant, regarde par la fenêtre comme le ciel revient.

C'est vrai que le carré de ciel a repris sa couleur de saphir.

– Mais personne ne bouge encore…

Si : les petits oiseaux dans la cage. Soudain, j'entends leurs chants du matin, un pépiement léger et mélodique. Je me redresse pour les regarder. Ils secouent leurs ailes minuscules, s'ébrouent, plongent leur bec dans leur collerette de plumes.

Zeus est debout.

– Attends ! Les oiseaux sont réveillés, mais pas encore le reste du royaume !

Je me lève, je me mets à le détester de penser qu'il pourrait disparaître tout à coup, sans même me dire au revoir. Je m'accroche à ses bras, à son visage.

– Tu pourrais rester jusqu'à ce que ma servante arrive !

Justement, on frappe à la porte.

– Io, puis-je entrer ?

C'est la servante. Je crie :

– Non ! Encore quelques minutes…

À Zeus :

– Quelques minutes seulement !

– Impossible, dit le dieu, même s'il semble le regretter, et il me donne encore quelques baisers rapides.

– Io ! s'impatiente la servante.

La porte tremble sous ses coups.

– Io, es-tu en bonne santé ?

Je hurle, furieuse :

– Je vais très bien ! Laisse-moi tranquille !

Zeus sourit, secoue la tête, comme pris d'une soudaine incrédulité.

– Io, je dois absolument y aller.

Il m'embrasse une dernière fois, puis je m'effondre sur le sol, car son corps entier, sur lequel je m'appuyais, s'est évanoui dans l'air telle une flamme que l'on vient de souffler.

Comme par enchantement, la porte cède immédiatement sous les coups de ma servante, et elle entre effarée.

– Maîtresse ! Tu vas bien ?

Je réponds avec force :

– Mais très bien, je te l'ai dit ! Par tous les dieux, qu'est-ce qui te prend ? On dirait que tu as vu s'ouvrir les Enfers* !

Je tremble encore, et cherche à masquer mon état en me rasseyant sur le lit.

– Io, tout le royaume se réveille après un étrange songe. Il semblerait qu'une nuée d'or se soit déposée sur la vallée, endormant tout le monde durant plus d'une nuit, comme le devin l'avait annoncé.

– Ah bon ? Ce n'est pas commun, je déclare fébrilement.

– Ce n'est pas tout ! s'étrangle la servante. Tu dois venir immédiatement au temple. Il s'y est passé quelque chose de très grave. Tout y est fissuré, effrité. On dirait que la déesse a frémi de rage.

Je me relève, très droite, essayant de garder mon calme.

– Un tremblement de terre, peut-être ?

– Qui n'aurait affecté que le temple ? gémit la servante. Je te prie de venir, tu dois t'y rendre.

Je la suis, raide comme ces piquets que l'on plante autour des prés pour y contenir les animaux. Je traverse le palais, où des esclaves paniqués courent de chambre en chambre. Le roi, mon père, n'est pas là. La servante m'explique qu'il est déjà au temple.

Dehors la nature a repris sa petite routine, mais j'entends, comme si l'on m'assaillait après cette nuit et cette journée de silence, les imprécations des fleurs, les ragots des papillons, le brouhaha des pierres et des arbres qui s'interrogent sur ce qui s'est passé.

Enfin j'arrive au temple. La servante avait raison. Il est craquelé de part en part, comme frappé par la foudre. Les belles peintures, les beaux reliefs sont émiettés par endroits, et de la poudre de pierre parsème le sol comme de la farine.

– Ma fille ! s'exclame mon père, sur les marches devant l'entrée. Je remercie les dieux de te voir en bonne santé.

Il me prend les mains, je les retire rapidement, baisse les yeux.

– Père, je m'étonne qu'Argos soit ainsi visée par la colère des dieux.

– Nous nous en étonnons tous, dit mon père, qui se retourne vers la foule de ses sujets agglutinés autour du temple. Ô Héra ! (Il se tourne maintenant vers la déesse.) Ne t'avons-nous pas rendu les hommages que tu désirais ? N'avons-nous pas œuvré pour que ta bonté et ta sagesse soient honorées chaque jour, avec le plus grand soin et le plus grand respect ?

– Nous l'avons fait ! osent crier quelques personnes dans la foule.

Il y a de la colère, et de l'incompréhension aussi, dans cet attroupement.

– Pourquoi nous punir ainsi ? ajoute un paysan qui brandit le poing en l'air. N'avons-nous pas brûlé pour la déesse une partie de nos récoltes ?

– N'avons-nous pas sacrifié nos plus beaux taureaux, nos agneaux les plus lestes ? crie une bergère.

– N'avons-nous pas versé en libations* notre meilleur vin sur le sol de ton temple ? lance à son tour un marchand de vin.

– Nous l'avons fait, dit mon père, pacifiant la foule d'un geste de la main. Ô déesse, nous nous attristons de ta colère, et nous nous désespérons de l'offense que nous t'avons faite, bien malgré nous et sans savoir laquelle. Nous te conjurons, déesse, de nous redonner ton amitié et ta protection, et pour cela nous te supplions, si nous avons commis quelque crime, de le punir comme il te semblera juste.

Je dois avouer que j'aurais préféré que le roi ne prononce pas cette dernière phrase. Je m'aperçois que je me suis un peu honteusement cachée derrière une colonne, comme si elle pouvait me servir de bouclier.

Le silence se fait sur le temple ; chacun, chacune regarde le sol, comme s'il devait en surgir la déesse elle-même. Mais rien ne se passe. Les grillons grésillent dans les petits bosquets de romarin. J'entends les bruyères roses chuchoter leur attente.

Mon cœur martyrise mes côtes. Que sait, exactement, la déesse ? A-t-elle vu quelque chose ? Lui a-t-on rapporté notre méfait ? Zeus le lui a-t-il avoué ? Ou est-elle simplement soupçonneuse, soucieuse, sans savoir exactement pour quelle raison ?

Je laisse échapper un soupir nerveux, et il est beaucoup plus sonore que je n'aurais pu le prévoir : épais comme un ronflement. Presque comique, dans ce silence respectueux.

Mon père se retourne vers moi ; on me regarde.

– Io, ma fille, as-tu quelque chose à dire ?

– Non, père, je réponds rapidement, mais étrangement, comme si ma langue était devenue trop grosse, les mots s'emmêlent dans ma bouche, une salive grasse déborde de mes lèvres.

– Que se passe-t-il, Io ? demande, près de moi, Euristie.

J'essaie de dire : « Rien », mais une fois encore le mot ne sort pas, et il me semble que ma gorge enfle, que mes cordes vocales s'épaississent et durcissent.

Aurais-je été piquée à la bouche par une guêpe ? Prise de peur, je porte mes mains à mon cou. Oui, il gonfle – il se raidit –, bientôt mes mains peinent à le contenir, son volume a doublé, triplé, il continue à augmenter.

– Io !

Autour de moi s'affairent, s'attroupent ceux qui regardaient auparavant le temple. Mon père brise la foule, la panique sculptée sur son visage comme par un artiste de masques de théâtre.

– Ma fille ! gémit-il, et de ses mains à son tour il me touche le visage, le cou, les bras.

Je ne vois plus très bien ce qui se passe. Ma vision est troublée, il me semble qu'une coque gélatineuse est venue se coller sur mes yeux.

J'essaie de hurler : « Père ! Père ! *Papa !* » – mais ce qui sort de ma bouche, et que j'entends à peine, les oreilles comme voilées, est un atroce mugissement.

Alors je sens avec horreur, du bout des doigts, mon visage s'allonger rapidement, dramatiquement, mon nez grossir, s'humidifier, prendre la consistance molle et froide de l'intérieur d'un coquillage. Mes narines sont énormes, caverneuses, mes doigts s'y perdent, je les retire gluants d'une morve blanchâtre et grumeleuse. Je touche mes oreilles – elles sont grandes comme des nageoires de congre, et leur orifice est gigantesque, recouvert d'un rideau de poils longs et durs.

– Ma fille ? continue de pleurer mon père. Non, pas toi – ce n'est pas toi qui as pu causer cette colère…

À présent tout mon visage, comme percé de l'intérieur, se voile de poils ras plus épais que ceux d'une barbe d'homme. Je hurle de douleur quand tombent au sol mes petites dents blanches, éparpillées comme des osselets ; et immédiatement d'énormes dents carrées, d'une dureté de pierre, viennent les remplacer, poussées de l'intérieur de mes gencives par une terrible magie.

– Ô déesse ! Ô Héra ! hurle mon père, agenouillé devant mon corps torturé. Aie pitié !

Tout autour, chacun s'abat au sol et implore, les mains levées au ciel, se tordant de douleur presque autant que je me tords moi-même…

Mais aucune autre réponse que la poursuite de l'horrible enchantement. Comme sous l'effet d'un brutal coup de fouet, je me courbe en deux, le dos traversé d'une terrible souffrance. Les os de ma colonne vertébrale, mes côtes, mes hanches s'écartent tant qu'il me semble que je vais me déchirer de l'intérieur – mais ma peau s'étire, elle aussi, accompagne leur croissance, et prend également une nouvelle épaisseur, une consistance dure et élastique de cuir pas encore tanné. Là encore la percée de dizaines de milliers de poils…

Je rouvre les paupières – je ne distingue plus les mêmes couleurs, le monde a pris une teinte étrange, et mes yeux, qui ont migré de part et d'autre de mon crâne, ne m'autorisent plus à voir devant moi… Basculant ma lourde tête, j'aperçois par terre mes vêtements déchirés gisant entre les herbes folles. Je suis nue. Je crie d'effroi. À nouveau ce cri est un mugissement, il a fait sortir de mes narines – de mes *naseaux* – une quantité d'air fantastique, comme si mes poumons avaient à présent chacun la taille d'une outre de vin…

– Io, gémit mon père, qu'as-tu fait ?

Je brame : *Ce n'est pas juste*, il ne comprend pas ce que je veux dire, j'essaie une nouvelle fois : *Ce n'est pas seulement ma faute ; j'ai été trompée ; j'ai cru que la déesse ne pourrait pas le voir.* Tous ces efforts se muent en terribles mugissements.

Mes mains et mes pieds maintenant s'allongent, se déforment, deux de mes doigts se projettent en avant et leurs ongles, petits et fins, grossissent démesurément, noircissent, fusionnent entre eux. Hurlant et pleurant plus que jamais, je rue, je charge, évitant de peu de me cogner contre mon père.

Enfin la douleur se calme et je retombe sur mes *quatre* jambes – quatre *pattes* au bout desquelles mes sabots, posés sur les gravillons et les herbes, absorbent les vibrations finales de ma métamorphose.

Un suprême mugissement de souffrance et de honte jaillit de ma poitrine quand les trois dernières transformations s'effectuent. D'abord, ma colonne vertébrale, s'étirant jusqu'au bout de mon dos, vient percer ma croupe de ce qui doit être une queue ornée d'une petite touffe de poils. Puis mon crâne et la peau de mon front se fendent – atroce élancement – pour laisser passer deux petites cornes. Et enfin ce sont mes seins – eux qui étaient si petits – qui se rejoignent, s'élargissent, descendent vers mes pattes arrière, et je devine, avec dégoût, qu'ils sont devenus un pis rose, grumeleux de tétons, comme ceux que l'on voit pendre au vent, couverts de mouches, dans les champs…

Et c'est la fin.

Je suis transformée en vache.

CHAPITRE 6
SOUS LES REGARDS D'ARGOS

Depuis quelques jours je suis dans un enclos et un homme me garde.

Je ne sais plus très bien ce qui s'est passé, ni comment je suis arrivée ici. Je me souviens de détails, d'impressions. Mon père touchant mon grand corps, se pressant contre mon flanc poilu, baignant de larmes mon large front.

Les paroles et les regards menaçants de la foule : « Faut-il sacrifier cette vache à la déesse ? Qu'a-t-elle fait pour mériter ce sort ? Tuez-la, et repeignons de son sang l'autel d'Héra ! »

Mais ils ne m'ont pas tuée. Quelqu'un est venu me chercher. Je crois que c'est l'homme qui à présent me garde. Je crois qu'il a fait passer une corde autour de mon large cou. Il m'a fait boire un peu à l'abreuvoir. Je me souviens que l'eau avait un goût de terre et qu'elle était gluante, qu'il y flottait des mousses et des herbes algueuses qui l'avaient parfumée. Je me souviens que j'ai penché la tête sur le côté pour apercevoir mon reflet dans l'eau, et que j'ai vu pour la première fois mes très gros yeux sombres et tendres, fleuris de cils longs et griffus, presque transparents. Je me souviens que sur le chemin, à travers les prés, des mouches me chatouillaient.

Je crois que la route a été longue, mais je n'étais pas fatiguée.

Je me souviens de la terreur de la première nuit, dans l'obscurité totale, seule, sans savoir que faire de mon corps pour trouver le sommeil.

Je me souviens avoir pour la première fois brouté l'herbe près d'une rivière. Mes dents comme la meule d'un moulin ont réduit en bouillie, en quelques secondes, les fibres dures et sablonneuses. Il s'y trouvait aussi de petits escargots et des insectes. Tout cela a terminé dans mon estomac.

J'ai brouté longtemps, et aujourd'hui encore je broute beaucoup, tout le temps.

Dans mon enclos, il y a assez d'herbe, et de l'eau dans un abreuvoir en pierre.

Je suis seule, à part cet homme qui me garde.

J'ai faim en permanence. Je broute, et puis quelque temps plus tard la bouillie remonte le long de ma gorge jusqu'à ma bouche et je la remâche avant de la ravaler.

Cela donne une impression très agréable de travail bien fait.

Ensuite, je sens mon ventre se contracter, gonfler vers l'arrière, et alors je lève ma queue, et une gigantesque cascade de matières fécales se déverse de moi. C'est un plaisir difficile à décrire. Pendant quelques minutes je suis parfaitement légère et vide. J'observe avec contentement la molle pile foncée. Plus tard, j'y vois des asticots blancs y gigoter. Bientôt ces asticots se transforment en gros insectes bourdonnants, mouches scintillantes, scarabées noirs comme l'encre des pieuvres. Je suis un peu dégoûtée, mais aussi étrangement fière, de donner naissance à tout cet univers.

Les mouches cependant m'ennuient. Ma queue est trop petite pour les chasser efficacement. Elles picorent tous les endroits où ma peau rencontre l'intérieur de ma chair, partout où c'est humide, gras, et donc chatouilleux. Je découvre la démangeaison terrible de l'intérieur du naseau, du coin de la babine, des yeux.

Je dispose d'un arbre, sous lequel je m'abrite quand il y a trop de soleil.

À présent j'ai compris comment dormir, les pattes repliées sous moi. J'ai moins peur de l'obscurité. Je comprends les bruits qui m'entourent : souris, hibou, renard.

Je n'ai plus de fulgurances. Toutefois, le monde n'est pas muet pour autant. J'entends distinctement des bruits nouveaux. Le craquement d'une feuille soulevée par une fourmi ouvrière. Le combat de deux lucanes, les chocs de leurs cornes dures se heurtant. Un petit oiseau qui dans mon arbre tisse entre elles des herbes et des brindilles pour se fabriquer un nid. Dans tout mon corps je ressens l'orientation du vent, l'humidité de l'air, la course du soleil. Le monde ne me parle plus de la même manière qu'avant, mais il continue à s'exprimer.

J'ai du mal à réfléchir à quoi que ce soit pendant longtemps.

Je pense à quelque chose – mon père, le temple, le corps de Zeus – mais rien de cela ne provoque en moi beaucoup d'intérêt ni d'angoisse. Plus présente à mon esprit est l'herbe que je dois continuer de brouter, avec ce plaisir parfait d'arracher à la terre cette fraîche nourriture. Plus présent à mon esprit est le gargouillis interminable de mon ventre, qui jamais n'interrompt sa musique, ses souffles d'air, ses tiraillements. Plus présente à mon esprit est l'eau au goût sucré, métallique et terreux, que ma langue épaisse ramène, en grandes lampées, vers le fond de ma gorge.

Je regarde parfois avec un peu d'attention mon gardien, car c'est une personne peu commune.

D'abord, c'est un géant. Il est colossal.

En me menant à travers monts et vallées, il m'a confié qu'il s'appelait, comme notre royaume, Argos.

– Je suis, m'a-t-il dit, un fidèle serviteur de la déesse Héra, que tu as blessée par ton comportement. Elle m'a fait l'honneur de me charger de te surveiller.

Il s'acquitte bien de sa tâche, dans la mesure où il a cent yeux.

Ses cent yeux clignent paisiblement sur sa gigantesque tête, jusqu'au cou. Je ne distingue pas bien leur couleur, mais dans ma vision floue ils sont comme les pierres rondes et polies que l'on voit scintiller au fond des ruisseaux. Chacun de ces yeux est entouré de cils noirs, et les paupières battent vite, avec une volubilité d'ailes de libellule. Ces yeux sont tout à fait indépendants les uns des autres. Tandis que l'un regarde vers la droite, un autre regarde vers la gauche, un autre encore s'intéresse au ciel, un autre reste rivé au sol. Un autre, fermé, dort.

Car c'est là le secret de la surveillance d'Argos. Il ne se repose jamais entièrement. La moitié de ses yeux, en général, sommeille, tandis que l'autre reste ouverte. Puis les rôles s'échangent, les paupières de ceux qui s'étaient endormis papillonnent, encore ensommeillées, tandis que se closent, comme de petits clapets, celles qui étaient restées éveillées.

Donc il est impossible d'échapper à sa garde.

Mais je ne veux pas particulièrement échapper à sa garde. Rien ne me manque dans ce champ.

Si, peut-être, parfois, quelqu'un comme moi, qui viendrait me tenir compagnie. Car les souris et les oiseaux sont gentils, mais on ne peut pas vraiment se comprendre. Je serais même heureuse de rencontrer un passant qui viendrait me donner du sel sur la paume de la main, comme je le faisais moi-même avec les vaches quand j'étais humaine. Mais personne ne vient.

Ce n'est pas très grave. Depuis ma transformation, en général, tout m'est égal.

Cependant les premiers froids arrivent et je m'aperçois confusément que cela doit déjà faire toute une saison que je suis dans cet enclos.

Un jour, je dois briser une pellicule de glace, du bout de mes naseaux, pour boire l'eau de l'abreuvoir. Le lendemain, l'herbe, barbue de givre, croustille sous mes dents. L'arbre se dénude de ses feuilles. Plus tard il devient de plus en plus difficile de trouver à manger. Alors, depuis l'autre côté des collines, un serviteur apporte du foin que je dévore.

Argos me regarde toujours. Il a une immense patience, et je le respecte pour cela. Je ne sais pas à quoi il pense, toute la journée, toute la nuit, les yeux rivés sur moi. Il faut être bien dévoué à Héra pour vouloir passer toute sa vie comme ça.

Toute sa vie ? Toute *ma* vie, plutôt, car je me doute bien que je mourrai avant lui. Mais est-ce cela, le projet d'Héra ? Me garder ici, dans cet enclos, jusqu'à ma mort ?

Parfois cela m'angoisse, mais le sentiment est passager. La plupart du temps, je ne m'en effraie pas. Ce n'est pas pire qu'un autre sort. Je suis juste perplexe qu'elle fasse tout cela pour moi, au lieu de me tuer tout simplement.

Est-ce qu'elle m'aime encore un peu, malgré ce que je lui ai fait ? Qui peut lire les pensées d'une déesse ? Je ne m'en inquiète pas longtemps.

Voici le serviteur qui arrive avec mon foin.

CHAPITRE 7

LE GRAND ENDORMISSEMENT

C'est un serviteur différent aujourd'hui. Pas le petit garçon rapide et laid qui sautille habituellement, grelottant de froid, portant sur son dos ma nourriture dans un gros sac, une outre de vin, et de la viande dans du pain pour Argos. Non, ce serviteur-là est grand, gracile, on dirait qu'il flotte au lieu de marcher. Si j'étais encore humaine, je crois que je le trouverais beau.

Il avise Argos, lui fait un signe et un sourire. Argos, comme toujours calme et posé, hoche la tête. Il prend la nourriture qu'on lui tend et glisse la viande dans sa bouche, morceau par morceau, comme s'il se nourrissait par obligation plutôt que par envie.

Le serviteur dépose devant moi une pile de foin et un tas de graines très grosses et très moelleuses. Je me mets aussitôt à les dévorer. L'hiver est décidément difficile, mon estomac a du mal à attendre, il me réclame sans cesse de quoi se remplir, il a l'habitude que je mange en permanence. En ce moment ce rythme est perturbé.

– Bien, très bien, dit alors le serviteur.

Je lève la tête vers lui. Je m'aperçois que cela fait des semaines – plus d'une saison – que je n'ai pas entendu une voix humaine. Argos ne m'a plus jamais parlé depuis le premier jour.

L'homme ne fait pas que me parler. Il me caresse le cou, me tapote le flanc.

– Mange bien, Io, dit-il. C'est important.

Io. Ce nom, je l'avais presque oublié. Il connaît mon nom. Il me parle à moi, *personnellement*.

Le contact de sa peau sur la mienne est comme une claque qui me réveille. Je ne me souvenais plus de ce que cela fait d'être touchée par quelqu'un. Cet humain s'intéresse à moi. Il a de l'amitié, de l'affection pour moi, peut-être ! Qui est-il ? Je veux m'écrier : *Qui êtes-vous ?* – mais évidemment il ne sort de ma bouche qu'un mugissement, long et doux.

Pourtant – miraculeusement –, il semblerait qu'il m'ait comprise.

Il murmure :

– Je suis un ami.

Alors il se retourne vers Argos.

– Géant, lui dit-il, est-ce que cela t'ennuie si je joue un peu de musique ? La vallée est si silencieuse en plein hiver.

Argos ne répond pas. Cela ne l'ennuie sans doute pas. Rien n'ennuie ce colosse aux cent yeux. Je ne crois pas qu'il soit capable de s'agacer de quoi que ce soit.

Mais il garde un grand nombre de ses yeux fermement rivés sur le serviteur.

Celui-ci sort de sa besace une petite flûte, du type que l'on fabrique en perçant des trous dans l'un de ces roseaux rigides arrachés à un fleuve. Il porte l'embouchure pointue à ses lèvres et commence à jouer.

C'est une mélodie douce, presque sucrée. Vraiment l'inconnu joue extrêmement bien. L'air qu'il cisèle de sa bouche est si tendre, si naturel, qu'on croirait l'entendre tresser des mèches de vent. Chacun autour – oiseau, insecte, rongeur, caillou, arbre, brin d'herbe – tombe immédiatement sous son charme.

Comme s'il ne remarquait pas le changement, l'homme va s'asseoir tout près de mon garde et dirige vers lui cette mélodie. Argos ne tourne pas la tête – il ne tourne jamais la tête ; à quoi servirait de tourner la tête lorsque l'on a des yeux partout ? – mais je sens qu'il y prête quelque attention, car au bout d'un certain temps je remarque que le géant ferme davantage d'yeux qu'il n'en a l'habitude, comme s'il cherchait à mieux entendre la mélodie.

Ou comme s'il était… en train de s'endormir. Se pourrait-il que cet air, qui nous charme tous, ait sur Argos pour effet la somnolence ?

L'inconnu, tout en continuant à jouer, tourne vers moi son regard, et je vois dans l'intensité de ce regard sombre quelque chose qui semble dire : *Je vais te sauver*.

Il continue à jouer un air, de plus en plus lent, de plus en plus bas, de plus en plus tortueux, de plus en plus sirupeux. Sa mélodie, telle la sève d'un arbre, vient s'insinuer dans l'oreille d'Argos, et à chacune des respirations du colosse, de plus en plus espacées, un ou deux yeux se ferment.

Finalement il n'a plus que dix yeux ouverts. Dix seulement, dont cinq restent rivés sur moi, quatre sur le joueur de flûte, le tout dernier enfin levé vers le ciel, comme s'il cherchait à attirer l'attention d'Héra elle-même…

Neuf yeux.

Huit.

Une respiration de plus… et on en est à six.

Cinq yeux.

Deux, trois respirations plus fortes, le sixième œil se rouvre…

… puis se referme. Cinq, quatre.

Seuls trois yeux demeurent ouverts, fixement,

douloureusement, et je me souviens, en observant la tension de ses paupières, de cette immense fatigue que je ressentais parfois quand j'étais humaine à la fin d'une journée, et qu'il fallait rester éveillée en écoutant mon père me parler, les globes oculaires picotés par l'épuisement.

Le troisième œil, celui qui était levé vers les cieux, cligne et se clôt, et il n'en reste que deux d'ouverts, comme chez n'importe quel humain ; deux seulement, un pour le musicien, un pour moi...

Mes pattes maigres, musclées, poilues, tremblent sur le pré gelé, à tel point que mes sabots ont creusé la croûte blanche jusqu'à la terre.

L'inconnu, tranquillement, joue de plus belle. La mélodie est si fine et si douce que l'on dirait à présent la voix d'une vieille grand-mère, chantant une berceuse à un enfant.

L'œil qui fixait le joueur de flûte finit par céder. Se ferme. Le dernier me regarde avec une détermination métallique, terrifiante, celle d'une flèche guidée par les dieux pour atteindre sa cible.

Il se passe tant de temps que la lune a remplacé le soleil. Mes yeux à moi, troublés par l'obscurité, saisissent moins bien ce qui se passe. J'aperçois seulement le scintillement du dernier œil ouvert d'Argos, et la petite oscillation de la flûte de l'inconnu, qui joue maintenant depuis presque une journée entière...

Et enfin, vers minuit peut-être, alors que la chouette menace de déchirer de ses cris le sommeil presque complet d'Argos, je vois l'éclat du dernier œil pâlir, devenir mat et gris, comme si la sécheresse du sommeil venait tout à fait le conquérir. Et cet œil cligne comme on bat des bras quand on tombe d'une haute falaise. Il cligne, il cligne, dans cette gigantesque tête, avec une énergie impossible…

Puis il se ferme.

C'est fini.

L'inconnu immédiatement se lève, interrompant sa phrase musicale. Il tire de sa besace, je le devine par les rayonnements de la lune, une petite serpe plate et courbée. Dans l'obscurité, je vois à peine ce qui se passe, j'entends à peine plus encore ; un éclat, un bruit de pastèque que l'on ouvre brutalement ; un noircissement épais, le gargouillis que font les bœufs que l'on sacrifie ; une masse qui s'affaisse, le bruit sourd, un peu crissant, d'un énorme corps qui rencontre un sol de givre.

Quelques instants plus tard, l'inconnu est devant moi, et il porte la tête tranchée d'Argos, ses cent yeux agonisants, certains déjà vides et blancs, d'autres papillonnant encore. Du cou, épais comme le tronc d'un jeune arbre, s'échappent des flots de sang noir qui viennent changer en boue l'herbe gelée.

– Je suis Hermès*, dit l'inconnu, et je suis venu sur les ordres de Zeus, mon père, te libérer du géant Argos.

Partons, avant qu'Héra ne s'aperçoive que j'ai tué son protégé.

Il flanque par terre la grosse tête morte comme si c'était un sac de grains. Puis il me mène hors de l'enclos.

Hermès, le messager des dieux ! Mon cerveau de vache est trop gras, trop lent, pour comprendre exactement ce qui se passe. Je me laisse mener par son pas léger. Je sais qu'il pourrait voler, avec ses sandales ailées, s'il était seul ; pourtant il marche posément, dans la nuit, attendant qu'avec mes lourds sabots je traverse les étendues blanches arrosées de lumière par la lune.

Alors que l'aube commence tout juste à allumer au loin quelques arbres, nous entendons soudain, depuis l'autre côté des collines – depuis là d'où nous venons –, un terrible, un horrible, un atroce hurlement, qui semble déchirer le monde – un hurlement divin.

– Héra, annonce Hermès, qui ne semble pas très effrayé. Elle ne doit pas être contente. Viens, nous arrivons.

Si nous arrivons quelque part, ce n'est pas dans une cité, mais dans un coin montagneux où s'entassent des rochers bombés comme des crabes. Je suis affamée, je dois manger – je m'attarde entre la pierre dure, cherchant du bout de mon museau des touffes d'herbe, des fleurs sucrées, n'importe quoi. Hermès attend patiemment que je me nourrisse, il me regarde même avec une certaine satisfaction expulser le dîner qu'il m'a apporté la veille.

– Viens, maintenant, il faut vraiment te cacher.

J'ai encore le ventre presque vide, mais il me conduit par un chemin caillouteux jusqu'à une grotte bien dissimulée, à flanc de montagne, où filtre – *tic tic tic* – l'eau d'une source plus haut ; une grotte vide et propre, où nulle bête sauvage n'a élu domicile.

– Je te laisse ici, murmure Hermès. Tu auras bientôt de la visite.

Je veux lui dire ma confusion, et ma reconnaissance, mais comme toujours je ne fais que meugler. Il me caresse le front, et s'envole.

De la visite.

Mais de qui ?

CHAPITRE 8

DE LA VISITE

– Bonjour, Io.

Il est entré par l'ouverture, comme n'importe quel homme.

– Zeus, dis-je, et c'est évidemment un mugissement qui sort de mon grand nez.

Je devrais peut-être me sentir humiliée, sale, triste, qu'il me voie dans cet état. Mais cela m'est égal. Vache, je suis moins anxieuse qu'humaine ; vache, je vois en lui des choses que je ne voyais pas il y a quelque temps. Ses narines à lui, je le perçois à présent, sont larges et écartées comme celles des taureaux. Ses pectoraux immenses, espacés, plats, ont la solidité des flancs des bœufs. Même ses oreilles larges, ses cuisses épaisses ont quelque chose de bovin. Cela me plaît.

Il se tient devant moi, près de l'eau qui goutte dans la grotte.

– Tu n'es pas troublée de me revoir après tout ce temps ? demande Zeus d'un ton mutin.

La vérité, c'est que non, pas particulièrement. Sa présence me plaît, comme me plaît toute distraction quotidienne – le corbeau qui parfois venait me crier des choses dans l'enclos où j'étais, le spectacle d'un scarabée bousier roulant sa boulette en haut d'une taupinière, Hermès hier.

Zeus ajoute à cette distraction un corps noueux et une barbe fournie.

Mais peut-être que si j'avais des épaules, je les hausserais.

De plus, j'ai faim. Heureusement, il le devine.

– Je t'ai apporté à manger.

Un épais tas d'herbes et de graines apparaît dans un coin de la grotte. J'y galope presque, me goinfre. Que des fils de bave gluante viennent asperger le sol pendant que je mange m'est égal. Les bruits de mon estomac, la régurgitation qui va arriver, rien de tout cela ne me gêne.

– Même en génisse, tu es sublime, dit Zeus, s'approchant de moi. Je sais que tu ne te vois pas, Io, mais crois-moi, Héra ne t'a pas mal faite. Elle est allée chercher ta blancheur dans les nuages de l'Olympe, et le rose de ta peau dans le creux des fleurs les plus rares.

J'ai envie de lui dire : *Laisse-moi manger*, mais il est hors de question que je gâche de la salive à lui mugir cela alors que les graines sont si pleines et larges et fibreuses.

Il me caresse maintenant le flanc et le cou.

– Tu n'es pas contente que je t'aie libérée ?

Me trouver ici ou ailleurs, je m'en fiche un peu, mais pour être gentille je hoche la tête et secoue les oreilles.

– Héra est furieuse, raconte Zeus non sans satisfaction. Il fallait la voir pleurer sur le cadavre de son monstre ! Elle a récupéré dans un sac tous les yeux, les cent yeux d'Argos. Ils faisaient comme des petits éclats de verre polis qu'on ramasse sur la plage. Puis elle est allée chercher un paon, cet animal qu'elle affectionne tant et dont la queue immense balaie les sols de l'Olympe. Elle a jeté en l'air les yeux d'Argos et ils sont retombés partout sur cette trop grande queue. Maintenant le paon a des yeux sur toutes ses plumes, du haut en bas. Quand il fait la roue, on les voit apparaître, et c'est magnifique et terrifiant pour les humains.

Il me caresse toujours distraitement le flanc.

– Oui, dit-il d'un ton songeur, vraiment, parfois Héra a le sens du spectacle.

Ses histoires ne m'intéressent que très modérément, car la nourriture de tout à l'heure est remontée vers ma bouche en une pâte épaisse, et je la rumine avec bonheur.

– Io, s'écrie finalement Zeus avec une sorte d'impatience contenue, je ne pense qu'à toi depuis que tu es partie ! J'ai tout fait pour te libérer et être avec toi à nouveau. Me laisseras-tu rester un peu en ta compagnie ?

Cela m'est égal. La perspective n'est pas déplaisante. Je meugle mon assentiment.

Alors il reste avec moi, transformé promptement en taureau. Il reste, et nous reprenons, sous cette forme particulière, ce qui avait commencé entre nous la nuit de la nuée d'or.

La mécanique de notre relation n'a pas la fluidité et la douceur dont je me souviens, vaguement, lorsque j'étais humaine. Il y a quelque chose d'assez routinier dans nos unions. Je ne peux pas faire grand-chose d'autre que de rester plantée là. Mais c'est un changement bienvenu dans ma vie de vache, et une occupation entre les moments que je consacre à me nourrir, qui restent les plus importants de mon quotidien. Je mange, je m'unis à Zeus et je digère, je dors un peu, puis je recommence. Cela n'a rien de désagréable.

Ce qui m'ennuie un peu, c'est que souvent, au cœur de cette routine, Zeus reprend une apparence humaine, et me parle beaucoup, en me caressant le cou et le front, et me confie les nombreux problèmes de sa vie : des choses qui, il y a quelque temps, m'auraient peut-être impressionnée et divertie, mais qui maintenant me semblent sans intérêt. Des pleurnicheries de dieu.

– C'est compliqué, quand tu as comme moi beaucoup d'enfants de plusieurs unions, il faut sans arrêt s'inquiéter d'eux, les guider dans la bonne direction, et en même temps leurs mères réclament beaucoup et ne sont jamais contentes, disent que je les abandonne, que je devrais faire plus…

Je pense qu'elles ont raison, mais il ne me demande pas mon avis.

Il a des problèmes de famille :

– Et mes frères et sœurs qui sont toujours là à créer des conflits entre les mortels, comme s'ils n'avaient que cela à faire de les voir s'étriper et teindre les fleuves de la couleur du sang…

Il a des problèmes au travail :

– Être attentif à toute la planète, réagir aux crises, tout en gardant à l'esprit que les mortels doivent résoudre leurs propres conflits seuls, sans l'intervention divine, parfois…

Et personne ne l'écoute :

– Et personne ne m'écoute. Seules les jeunes filles que je rencontre prêtent l'oreille à mes tourments, jamais les autres dieux, jamais les déesses, on a l'impression que tout pour moi devrait très bien aller car je suis le roi des dieux ; comme s'il m'était interdit d'être parfois triste, jaloux, coléreux.

Durant ses confessions, je me concentre sur mon herbe, sur les mouvements de mon ventre ou sur le mur salé dont je lèche l'eau de source. Il me pose des questions parfois, mais de toute évidence n'attend pas de réponses, alors il les formule lui-même :

– Toi, Io, que penses-tu des dieux ?… J'imagine que, comme toute mortelle, tu as pour nous un mélange de révérence et de peur… Toi, Io, que voulais-tu faire de ta vie ?… Il est évident que la vie des mortels, surtout des femmes, n'a pas grande importance pour la marche de l'univers… Toi, Io, qu'est-ce qui t'a séduite chez moi ?… Mon corps qui semble épouser si parfaitement tes vœux, mon humour, mon esprit – mais tu as dû aussi percevoir mes failles…

Etc.

Nous ne filons pas de mauvais jours, mon corps est satisfait, cela pourrait continuer longtemps.

Bientôt cela s'achève, cependant.

La fin de ces moments avec Zeus prend la forme d'un bourdonnement.

Un bourdonnement qu'au début je ne remarque pas, parce qu'il y a beaucoup de bruit dans cette grotte : mon ventre qui digère, le bavardage de Zeus, l'eau qui goutte du plafond. Nous avons aussi quelques mouches et moustiques, moins que dehors dans le pré, mais un bourdonnement de plus ou de moins, cela ne m'avait pas troublée.

Ce bourdonnement-là, cependant, finit par attirer l'attention. Il est plus métallique, plus insistant que les autres. Je n'arrive pas à le localiser ; je suis avec Zeus, face au mur, j'écoute ce bourdonnement pour passer le temps, sans savoir d'où il vient.

Soudain, il s'arrête.

Et presque instantanément, la douleur.

– Meeeeeeeeeeeuuuuuuughhhhhhhh !!!!!

Je n'ai jamais poussé un meuglement aussi fort ; je l'entends résonner encore, écho et écho et écho de ma voix épaisse, plusieurs instants après l'avoir poussé.

J'ai éjecté Zeus, qui était taureau, à l'autre bout de la grotte. En retombant sur le sol il reprend instantanément forme humaine.

– Ça ne va pas, ou quoi ? grogne le dieu en revenant vers moi. Qu'est-ce qui te prend ? Je t'ai fait mal ?

Je tressaute et boite, sidérée par la douleur aiguë, intense, vibrante, pulsante, le long de ma patte arrière droite. J'essaie de me pencher pour la lécher, mais même la caresse de ma langue, épaisse et mouillée, n'adoucit pas l'élancement.

– Tu t'es fait piquer, observe Zeus. Par un taon…

Il localise vite l'ennemi : un énorme taon sombre,

surnaturellement large, de la taille d'une main d'enfant, aux ailes comme tressées de métal, aux pattes épaisses et structurées, à la carapace de crustacé.

– Je n'aime pas du tout ça, murmure Zeus. On ne dirait pas un taon normal.

Comme s'il l'avait entendu, l'insecte secoue à nouveau les ailes, s'abat à nouveau sur moi. Et avant même que le roi des dieux ne puisse intervenir, il me pique la croupe, et à nouveau cette douleur atroce, cette douleur d'un autre monde, me transperce de part en part : j'ai dans le sang une volée d'épines.

– Io ! s'exclame Zeus désolé, me voyant bondir et meugler et donner des coups de sabot dans les parois.

Quelques instants plus tard je suis dehors, je fuis la grotte ; tout, tout, n'importe quoi, pour ne pas être une fois encore piquée par le taon.

– Io, reviens ! hurle Zeus, mais je suis déjà partie.

Je galope.

Je galope, je galope, je galope, comme si j'étais un cheval plutôt qu'une génisse, comme si j'étais bâtie pour la course rapide plutôt que pour brouter lentement l'herbe des vallées.

Après avoir fui au bas de la montagne, le plus loin possible, je m'arrête, épuisée. Je dois manger, je ne pourrai plus courir longtemps l'estomac vide. Mes muscles vibrent encore de l'effort et de l'affreuse douleur des piqûres. Je rase de mes dents tout un coin de verdure, j'avale de grandes lampées d'eau à une rivière. Je plie les pattes pour me reposer.

Et soudain… *bzzzzzz*…

Non.

Non !

C'est le seul mot qui me vient à l'esprit : non, *non*, pas lui !

Le revoilà, posé sur une pierre plate. Il semble me narguer.

Un clin d'œil plus tard, il est posé sur mon échine.

Il me pique.

Mon mugissement réveille la vallée. Je me relève, je galope encore, je ne suis que souffrance. Je comprends alors, confusément, de mon lent esprit de vache. Ce taon m'a été envoyé par Héra. Il m'a été envoyé pour me tourmenter, pour me suivre, pour me poursuivre, jusqu'à ce que je meure de fatigue ou de faim ou de douleur.

Je continue à galoper.

Et dès que je m'arrête, dès que mes sabots s'immobilisent, dès que du bout de la langue je me mets à chercher un peu de verdure, le taon est là, le taon est là qui me pique, le taon est là qui me supplicie.

Ô Héra, toi dont la sagesse et la cruauté n'ont pas de limite, laisse-moi me reposer, juste un instant, juste une minute…

Courir, s'affamer, s'arrêter, se faire piquer. Sur les

pattes, sur le dos, sur la tête, sur le pis, sur les naseaux, sur les oreilles. Courir, s'épuiser, s'arrêter, se faire injecter jusqu'au cœur la pire douleur au monde. Courir, panteler, chanceler, s'écrouler sur le sol, se laisser martyriser par les piqûres, vibrer des souffrances accumulées de toutes ces bosselures de chair vive.

Galoper encore, de champ en vallée en falaise en forêt en colline, s'arrêter, les pattes presque en sang, les sabots cabossés et cassés et fendus, et entendre, à peine quelques battements de cœur après s'être arrêtée…

Bzzz.

Bzzzzzz.

BZZZZZZZZZ…

CHAPITRE 9

AU GRAND GALOP

Je ne saurais dire combien de contrées j'ai traversées, de combien de pays j'ai longé les côtes, combien de villages m'ont vue cavaler à travers leurs ruelles. L'Histoire dira – si l'Histoire un jour croit digne d'intérêt mon triste sort – quels espaces exactement j'ai parcourus. Je pense quant à moi que durant cette saison où je n'ai fait que courir et souffrir, j'ai dû atteindre les confins du monde, suivre la course du soleil dans les deux sens, arrêtée seulement par les mers et les océans.

Où suis-je allée exactement, et à quoi tout cela ressemblait-il ? C'est le rôle des poètes que de décrire joliment les arbres crochus dans les vallées sèches du

Péloponnèse, les baies sablonneuses qui font comme de petites assiettes de soleil au sud d'Athènes. Pour moi, tous ces endroits n'étaient que lieux de supplice. C'eût été faire violence déjà à ma nature de vache que d'admirer le paysage – tout ce qui intéresse une vache, c'est la verdure ; la beauté d'une colline n'est rien si elle n'est herbue. Mais de plus j'étais à peine encore une vache. Je n'étais qu'une machine à galoper ; une machine à me faire piquer ; une machine à attraper, dans l'angoisse terrible du bourdonnement, du bout des dents, des brins d'herbe ici et là et parfois une tête de blé grasse comme une olive.

Cela a duré tout un été. J'ai couru sous les pluies les plus drues, les sabots collés dans la boue. J'ai couru sous les chaleurs les plus torrides, désespérant de trouver le moindre point d'eau dans des vallées fendillées comme un vieux cuir. Je ne pouvais pas dormir par terre ; une fois, deux fois je me suis effondrée pendant ma course, priant pour que cet effondrement soit le dernier et que les dieux m'accordent la mort. Mais après un court assoupissement, agité d'atroces douleurs, je me réveillais, le corps constellé de nouvelles piqûres fraîches et lancinantes. Parfois je dormais tout en courant. Je ne sais pas comment. Je fermais les yeux et je laissais mon corps cavaler, lui confiant mon esprit épuisé. J'arrivais à perdre conscience quelque temps – brève étreinte de Morphée – puis je me réveillais à nouveau et j'étais dans un paysage différent, où les ronces menaçaient de m'attraper les jambes.

Quand j'arrivais près de falaises, de précipices, de rivières colériques, la tentation était grande d'y jeter mon corps violenté. Je ne souhaitais que la mort.

Quelque chose – quelqu'un ? – en moi me retenait.

J'étais dans cet état d'esprit lorsque je suis parvenue près d'un fleuve si large qu'il paraissait impossible à traverser. J'avais connu auparavant des revers de la sorte : alors je rebroussais chemin, laissant mon poursuivant reprendre un avantage de quelques minutes sur moi, et son monstrueux bourdonnement m'emplissait les oreilles.

Mais au lieu de faire demi-tour, je me suis dit, cette fois, qu'il était temps d'en finir. Ce fleuve géant était ce que j'attendais. Ses eaux étaient profondes et agitées, personne ne viendrait m'en tirer. Les humains, et il y en avait quelques-uns, étaient affairés à leurs bateaux, à leurs barques, à leurs filets et à leurs commerces. Me remarquant, l'un d'entre eux s'est écrié :

– Cette génisse est la plus maigre et la plus laide que j'aie jamais vue !

– Il faudrait tuer la pauvre bête pour en faire des cuirs, s'est émue une brave dame qui portait sur sa tête une jarre en argile.

Je l'ai regardée avec intensité, comme pour l'implorer de le faire – *Je t'en supplie, change ma peau en besaces, mes cornes en bracelets, mes ossements en cuillères et en peignes. Prends le peu qu'il me reste de muscles et de graisse pour le jeter aux chiens.*

Mais d'autres autour ricanaient.

– Elle n'est même pas bonne à faire des cuirs ! Regarde sa peau, pas un morceau qui ne soit couvert de croûtes purulentes.

Je ne m'étais pas vue depuis longtemps, mais j'imaginais aisément ce qu'il voulait dire. *Bzzzz !* Le bourdonnement reprenait derrière moi. Il fallait se jeter dans le fleuve. Mais d'où ?

J'ai continué à courir, j'ai aperçu un haut promontoire, qui semblait assez élevé pour me permettre une chute mortelle dans l'eau du fleuve. Je me suis mise à cavaler entre les humains qui s'affairaient et qui parlaient dix langues différentes, échangeant poissons lumineux contre petites pièces grises, outres de vin contre paniers d'épices.

Enfin j'ai atteint le promontoire, un rocher naturellement en avant du fleuve, et je me suis aventurée jusqu'au bout. Sous mes sabots, en baissant la tête, je voyais l'eau charrier lentement restes de bateaux, morceaux de bois, légumes dédaignés et carcasses que l'on avait jetées depuis plus haut. C'était dans cette soupe de mort que j'allais finir ma vie.

J'ai pris mon élan, reculant de quelques pas. Derrière moi le bourdonnement recommençait. Puis je me suis jetée vers l'avant du promontoire. Six pas. Cinq pas. Quatre pas. Trois pas.

Deux.

Un.

J'ai sauté. En sautant j'ai repensé à ma triste existence, à l'amour de mon père que je n'avais pas su honorer, à celui de la déesse que j'avais trahi, à celui de Zeus, enfin, qui avait commencé éclatant et doré et qui s'était achevé dans une grotte humide.

J'ai sauté, et j'ai attendu de tomber, j'ai attendu de heurter la surface boueuse de ce fleuve inconnu, si loin de la terre où j'étais née.

Mais au lieu de cela j'ai continué à avancer dans l'air.

Comme si mes pattes s'étaient muées en ailes, comme si le ciel avait pris la consistance de la pierre, j'ai continué à avancer.

Sous moi l'eau paresseuse ; de part et d'autre, je le voyais à présent, de vastes étendues de mer... Je n'étais pas au-dessus d'un fleuve ; j'étais au-dessus d'un détroit. Un chemin d'eau entre deux mers.

Et à présent j'atteignais l'autre côté, un côté qui était au-delà de tout ce que mon imagination humaine avait pu se figurer comme territoires. En traversant cette frontière d'eau, j'arrivais, je le savais confusément, dans un tout autre royaume, dans un tout autre monde peut-être, jusqu'à l'Afrique même.

Je ne m'étonnais pas, ou à peine, de voler au-dessus

de ce détroit. J'avais compris que même la mort se refusait à moi ; que ma torture, comme un supplice inventé par Hadès* aux Enfers, devait perdurer. Il était normal qu'elle se prolonge de l'autre côté du détroit, sur des terres qui m'étaient totalement inconnues.

Enfin j'ai atterri ; mes sabots ont heurté le sol dur. Et j'allais reprendre ma course, résignée et exténuée, jusqu'à l'Afrique et plus loin encore s'il le fallait, quand j'ai avisé près de moi un homme qui s'est interposé entre moi et mon destin.

– Io, a-t-il dit.

Il savait mon nom. Je me suis immobilisée, pantelante, les oreilles aux aguets, certaine que le bourdonnement allait bientôt reprendre. Mais cet homme au regard doux, à la barbe d'un noir si sombre qu'on l'aurait crue brûlée à la torche, avait placé ses mains de part et d'autre de mon crâne. Il appuyait sur mille piqûres, mais ses paumes fraîches apaisaient la douleur.

– Io, m'a-t-il dit, j'ai entendu, comme tout le monde, l'histoire de ton sort misérable. Je suis Prométhée*, qui ai connu comme toi une torture impossible à dire.

Prométhée ! Qui avait volé aux dieux le feu céleste pour le donner aux hommes. Qui avait passé aux Enfers des temps innombrables, à se faire chaque soir dévorer le foie par un aigle. Prométhée, qui savait ce que la persécution d'un animal divin engendrait de douleur et de folie jusqu'au plus profond de l'être…

– Continue à avancer, m'a murmuré Prométhée. Bien que rien ne te permette de concevoir comment te tirer de ce supplice, bien que les piqûres du taon aient crevé en toi tout espoir, continue à courir. Je te jure que tu retrouveras un jour ton apparence humaine.

Cette dernière phrase m'a fait lever la tête, et meugler vivement, comme si j'avais été piquée à nouveau. Mes yeux de vache ne pouvaient pas pleurer, mais j'avais pourtant en moi l'impression de mille sanglots contenus.

– Je te le jure, a répété Prométhée. Tu retrouveras un jour ton apparence humaine ; et tu épouseras un roi et engendreras un héros.

Je ne savais pas s'il se moquait de moi ; ou si son intervention, comme celles de tous ceux qui avaient tenté, auparavant, de me sortir du danger, ne mènerait à nouveau qu'à ma ruine. Mais ses yeux francs et son sourire blanc à l'intérieur de cette barbe noire m'inspiraient une confiance et un repos que je n'avais plus connus depuis plus de trois mois.

– Pars maintenant, m'a dit Prométhée, le taon revient. En ton honneur, les mortels appelleront ce détroit le Bosphore, c'est-à-dire le passage de la vache, car tu l'as traversé portée par les dieux, sous l'allure d'une génisse. Pars maintenant !

Je ne sais pas si toutes mes souffrances étaient rachetées par le fait que ce détroit me devrait son nom, mais j'ai recommencé à courir, éperonnée par le taon. Plus seulement, cependant. Éperonnée, aussi, par la vision nouvelle, et presque aussi douloureuse dans ce qu'elle impliquait d'espoir et de beauté, qu'un jour ce supplice prendrait fin.

CHAPITRE 10

DES ADIEUX

J'ai galopé encore et encore. Combien de temps, je ne le sais pas. Matins, après-midi, journées : le temps devient fluide comme le sable lorsque tout ce qui compte est de galoper. Autour de moi, les paysages changeaient – plus pâles, plus accidentés. Je galopais parfois plusieurs jours de suite sans rencontrer personne. J'avais atteint l'Afrique, je le sentais – et j'avais la sensation étrange que l'Afrique m'accueillait, comme si j'avais toujours dû y être. Les sols étaient plus tendres sous mes sabots. La chaleur y était plus douce et plus sèche. L'eau des rivières, comme chargée de métaux acides, me donnait plus de force pour continuer.

Je suis arrivée enfin près d'un immense fleuve. Ses abords avaient la consistance marécageuse que je crains ordinairement, car elle s'annonce chargée de moustiques – j'avais déjà assez à faire avec mon taon – et impossible à traverser, aspirant mes sabots comme pour me noyer. Mais autour, les cultures flamboyantes ondoyaient dans le vent – mes yeux de vache délayaient leur teinte, mais je sais qu'elles étaient vertes comme les plus belles olives. Sur le fleuve, des hommes très occupés chargeaient des produits dans des barques plates. Ils étaient différents des habitants des royaumes d'où je venais : sombres de peau, fins de corps, gracieux, ils étaient vêtus de simples costumes de lin et de parures qui semblaient faites de perles de bois.

J'avais à peine le temps de les regarder – dès que je ralentissais, le taon me martyrisait –, mais j'ai tout de même fait de mon mieux pour grignoter du bout des yeux cette nouvelle contrée. Où étais-je ?

Je l'ai compris en voyant autour de moi les temples merveilleux dont je n'avais entendu parler que par des voyageurs aventureux, venus conter à mon père les récits de leurs périples. Les temples n'étaient pas comme chez nous, hauts et fuselés, mais massifs, avec des statues gigantesques, recouverts de dessins des plus minuscules aux plus colossaux. Les dieux et les déesses représentés ici n'avaient pas visage humain : ils étaient faucon, bélier, chat ou taureau.

C'était l'Égypte.

J'avais galopé toute la nuit et toute la journée. Je me suis arrêtée un instant, le temps d'un souffle, pour boire dans une flaque qui s'était constituée entre les roseaux sur le bord du fleuve. Chaque fois que je me penchais pour boire ou pour manger, j'attendais le bourdonnement, j'attendais l'arrêt du bourdonnement – signalant que le taon s'était posé – et j'attendais de sentir ma peau se percer à nouveau, pour la millième, pour la dix millième fois, cette peau qui n'était plus que croûtes et cuir dur.

Quand je me suis penchée sur la flaque, le bourdonnement a commencé – *bzz bzz*, bruit terrible, dans mes oreilles épuisées – et puis le taon s'est posé.

Au bout de mes naseaux.

J'ai fermé les yeux. J'imaginais sans peine son regard de pierre, ses ailes mouchetées comme celles d'un hibou. Il m'avait déjà piquée auparavant sur les naseaux – je connaissais la douleur infinie de cet endroit-là, moelleux sans doute, à son goût, où il plantait son dard juste sur le pourtour de la narine.

J'étais résignée.

Il continuait, impitoyable, à ne rien faire.

Peut-être patientait-il, savourant l'instant d'avant la piqûre, comme on se retient de manger tout de suite une grappe de dattes. Je ne sais pas. Est-ce qu'un insecte persécuteur, animé par la jalousie d'une déesse, sait patienter ? Est-ce qu'un bourreau se délecte de faire attendre son supplicié ? Il restait immobile.

Je voulais lui meugler de s'y mettre – *Allez, on ne va pas y passer la soirée. Pique-moi, sors-moi de l'enfer de cette attente.* Il vrombissait doucement, je sentais son poids, sa froideur zonzonnante, sur la peau fine de mes naseaux.

Pique-moi, monstre, qu'on en finisse.

Mais au lieu de cela, le taon s'est décroché, et il est tombé.

Comme une noix, dans la flaque au-dessous de mon nez.

Je suis toujours plantée là, à le regarder.

Le ciel est presque noir, et ma stupéfaction ne diminue pas. L'insecte, dans l'eau, flotte les pattes en l'air.

Mort.

Il fait des petits trajets dans la flaque, comme un minuscule bateau sans capitaine, au gré du vent qui peigne les roseaux.

Je le regarde, et dans ma stupeur je le pleurerais presque, comme on pleure une époque de sa vie qui s'achève. Le taon était mon supplice, ma raison de fuir. Ma raison d'avancer. Je le détestais. Il était toute ma vie. Il me martyrisait. Je ne sais plus exister sans lui.

Il fait maintenant complètement sombre. Je m'agenouille à ses côtés, pattes avant d'abord, puis pattes arrière, dans la boue de la rivière.

Je m'endors.

Je ne savais plus ce qu'était le sommeil.

Je me réveille à chaque instant, craignant – espérant ? – une piqûre. Mais le taon tournicote toujours dans sa flaque. Ma peau, comme si elle ne comprenait pas pourquoi elle n'est plus que douleur, me tiraille, s'agace, me lance. Sur mes naseaux j'ai encore l'impression de sentir l'empreinte de ses petites pattes. Il est là, dans l'eau. Il est mort. Je n'arrive pas à comprendre qu'il soit mort.

Finalement je dois dormir assez longtemps, j'imagine – quelques heures, plus que n'importe quand depuis aussi longtemps que je me souvienne – car lorsque je me réveille, l'aube est en train de débarrasser le ciel de ses étoiles.

Autour de moi, rien, personne, sauf le petit corps-bateau de mon taon.

Mais au bout d'un moment, je vois s'approcher quelqu'un. Quelqu'un de grand, de lumineux et de fort, quelqu'un que je connais beaucoup trop bien.

Oh non, pas lui.

– Io, je t'ai enfin retrouvée.

Je me relève d'un bond. Mon meuglement doit réveiller toute la vallée.

– Non, ne t'enfuis pas ! Tu es enfin débarrassée de la malédiction – le taon est mort !

J'ai envie de crier : *Je sais bien qu'il est mort, laisse-moi tranquille !* – mais je meugle et je meugle et je meugle jusqu'à ce que Zeus doucement pose sa main sur mon front.

– Il est mort grâce à moi. J'ai fait serment à Héra, par le Styx*, que j'abandonnerais pour toujours ta poursuite. Elle a accepté de lever le sort. Tu es contente ?

Puis il dit :

– Il est temps de te libérer entièrement.

La transformation cette fois-ci est immédiate, indolore.

Un instant j'étais un énorme corps qui grondait, qui mugissait, des pattes de la solidité du marbre, une peau déchirée par les piqûres. J'étais des cornes pointues et un pis épais, une queue rapide comme une patte de chat et des naseaux frémissants.

L'instant d'après je suis une humaine.

– Te voilà revenue, murmure Zeus, comme ébahi par sa propre magie. Io, tu es de retour parmi nous !

Il dit : *Io*, et c'est mon nom en effet, je m'en souviens, mais je ne comprends pas ce corps à qui il prête ce nom.

C'est un corps qui doit tenir en équilibre sur deux jambes frêles comme des tiges. C'est un corps que le moindre souffle de vent pourrait ravir à la terre. C'est un corps recouvert d'une peau d'une absurde finesse, aussi prompte à se déchirer qu'une feuille de papier. Lorsque je passe ma main sur mon visage, sur mes épaules, sur mon ventre, je sens la fragilité infinie de cette peau, et son incroyable sensibilité – à la brise froide qui souffle du nord, qui vient consteller mes bras de chair de poule ; aux rayons chauds du soleil qui se lève, qui vient fermer mes paupières. Mes pieds bougent à peine, et pourtant les graviers semblent pouvoir les réduire en bouillie.

La teinte du monde a changé : son éclat est acide. C'est comme si la nature s'était mis un costume bizarre. Je n'en ai pas besoin, cela me fait mal à la tête.

– Io, dit Zeus, tu es magnifique.

Je ne me sens pas magnifique, je me sens lente, frêle et vulnérable. Mes jambes ont gardé quelque chose de ces saisons de course – des muscles longs, des cuisses épaisses –, mais alors que je m'éloigne de Zeus, je suis terrifiée de voir à quel point j'avance doucement, à quel point la moindre griffure de roseau me fait sursauter, à quel point les moustiques déjà s'accumulent sur ma peau.

Je suis humaine, et la délicatesse de mon état me donne envie de pleurer.

– Tu vas mettre un peu de temps à t'y habituer, c'est normal, crie Zeus derrière moi. Io, écoute, je ne sais pas ce que tu voudrais faire, mais il y a par là un petit endroit où tu pourras manger un peu et ensuite te reposer dans un vrai lit…

Je me doute bien, malgré son serment sur le Styx,

qu'il a quelques idées sur la fonction de ce lit. Je me retourne vers lui.

Les mots mettent très longtemps à revenir vers ma bouche. Je ne connais plus ma voix : elle sort fine et comme étranglée, sans l'amplitude démesurée de mes mugissements :

– Zeus, nous allons nous dire au revoir.

Le dieu soupire :

– C'est vrai que j'ai fait serment à Héra, c'est une situation très regrettable…

– Ce n'est pas Héra, c'est moi, je lui rétorque fermement. Cela fait un certain temps que je me suis détachée de toi.

– Tu n'avais pas l'air si malheureuse, répond Zeus d'un ton vexé. Dans la grotte, et… et avant, à Argos, cette nuit-là…

– Je ne sais plus. Tout était si différent. J'ai peine à croire que c'était moi là-bas. Merci de m'avoir délivrée du taon. Je ne sais pas si je devrais te remercier de m'avoir rendu forme humaine. Le monde est étrange quand on est si petite. Mais je vais voir ce que m'offre la vie ici, par moi-même.

– Tu ne peux pas rester seule ici, gronde Zeus, tu ne connais personne.

– Je rencontrerai des gens.

– Ils ne parlent pas ta langue.

– J'apprendrai la leur.

– Tu auras besoin de protection…

– Je refuse que ce soit toi qui me l'accordes.

J'ai parlé aussi sévèrement que possible et Zeus semble ébranlé :

– Bon, très bien. Je… je pensais pourtant que je m'entendais bien avec toi…

– Ni mieux ni moins bien qu'avec mille autres vierges de mon âge, lui dis-je. Qui se lasseront les premières, ou alors c'est toi qui te lasseras d'abord. Je te laisse le redécouvrir, comme tu sembles le redécouvrir depuis l'aube des temps.

Il reste là, les bras ballants.

Je lui murmure : *Au revoir*.

Et puis je pars.

CHAPITRE 11

DE NOUVELLES RAISONS DE GALOPER

Je me suis aperçue tout à coup que j'étais nue, alors j'ai enfilé rapidement une tunique de lin blanc que j'ai trouvée drapée sur le muret d'une petite maison encore endormie. Le vêtement agrippe mes membres, c'est une sensation assez désagréable, et pourtant il est ample. Je me souviens qu'autrefois je portais des toges serrées à la taille, des colliers lourds, je retenais mes cheveux par des peignes. Je n'arrive pas à imaginer toutes ces entraves aujourd'hui.

Mon ventre est lourd et gonflé, je ne m'en aperçois que maintenant. Ce que cela veut dire, j'y réfléchirai plus tard. Pour l'instant, avancer.

J'avance dans les rues d'une cité blanche et jaune, où les portes des petites huttes en terre et en paille et des plus grandes maisons de pierre commencent à s'ouvrir.

Une femme à l'air doux sort de chez elle et pointe du doigt mes pieds, en disant quelque chose dans sa langue. J'imagine qu'elle s'inquiète qu'ils soient couverts d'éraflures. Je hausse les épaules avec un sourire : mes pieds humains sont tout neufs, je dois attendre que se refasse la fine cuirasse qui les protégera peu à peu des sols durs. Je m'apprête à continuer mon chemin, mais elle me fait signe d'attendre. Elle rentre, et quelques minutes plus tard elle réapparaît avec des sortes de bandages, avec lesquelles elle éponge le sang qui suinte de mes plaies.

J'exprime par des gestes que je la remercie, mais que je n'ai pas d'argent. Elle remue les bras et sourit, signe universel pour me dire que ce n'est pas grave ; je ne peux pas poursuivre mon chemin comme cela, il est normal qu'elle m'aide.

Émue par sa bonté, je sens les larmes me monter aux yeux. Elle me conduit par la main jusqu'à chez elle, et là elle me donne du pain, des fruits et de l'eau. Elle me regarde manger à la table, près de son bébé et de deux autres enfants. Je ne pense pas qu'elle se rende compte à quel point ces goûts nouveaux, insensés, explosent contre mon palais, à quel point ma langue et mes dents me semblent petites et faibles pour attaquer la nourriture, même si cette nourriture est si tendre, si moelleuse dans ma bouche…

Elle me regarde en souriant, puis dit quelque chose. Voyant que je ne comprends pas, elle sort de sous un pot une petite pièce, très légère, sans doute sans grande valeur, et me répète un mot. Je saisis qu'il signifie « argent ». Puis elle prend des mains de son petit garçon un jouet, une sorte de petite poupée figurant une vache. Elle dit un autre mot – sans doute le mot pour « vache ».

Argent – vache ?

Je répète d'un ton incertain. Elle hoche la tête, et m'emmène avec elle, le bébé attaché autour de la taille et tenant par la main ses deux autres enfants. Après avoir parcouru quelques rues, nous atteignons un vaste pré – vert olive, comme je l'avais deviné – aux abords du fleuve. Là paissent paisiblement de grandes vaches brunes aux longues cornes. Mon cœur se met à battre en les voyant.

Elle me fait beaucoup de signes, me montre à nouveau la piécette. Je comprends alors. Elle me propose de m'occuper de ses vaches pour de l'argent.

Je ne pouvais pas rêver d'un meilleur travail.

Je passe dans cet endroit plus de deux saisons. J'apprends la langue des habitants de l'Égypte. Bientôt je ris avec eux, je danse et je chante avec eux, je fais des plaisanteries et je leur raconte des histoires. Bientôt ma protectrice, Asma, devient comme ma sœur, et ses enfants comme les miens. Comme elle n'a plus de mari, on parle ensemble jusque tard le soir. De nos aspirations, de mon étrange passé, de la beauté du fleuve après la crue, des voisins et des voisines, des enfants et des dieux. Parfois, lorsque nous évoquons les dieux, nous rions de leur folie, en espérant qu'ils ne nous entendent pas.

Mon ventre arrondi et d'autres signes ont montré que j'ai gardé de Zeus un peu plus qu'un souvenir. Un matin, aidée par Asma, je donne naissance à un enfant, que je baptise Épaphos. Noué dans un linge autour de ma taille, il m'accompagne dans mes travaux quotidiens, et il s'amuse à imiter les veaux qui paissent. Demi-dieu ou non, il a tous les besoins et tous les jeux d'un bébé, ni plus ni moins.

Je suis la vachère la plus douée de cette partie de la cité. Les gens me demandent quel est mon secret. Je sais toujours faire venir à moi les vaches, je sais toujours ce dont elles ont besoin, je sens leurs maladies, je sens quand elles ont froid ou faim ou quand elles sont – les dieux nous en protègent ! – piquées par les taons et les moustiques.

– On dirait que tu leur parles ! s'émeut Asma.

Non, je ne leur parle pas, mais on communique…

Quelque temps plus tard, au début de l'été, on me charge d'aller livrer au palais royal une jeune génisse, qui est née d'un blanc de neige ; c'est un cadeau pour le roi. Je m'y rends avec Épaphos en bandoulière, une nostalgie étrange au cœur. Cette petite vachette que je tiens au bout de ma longe me rappelle trop de choses. Je m'étais attachée à elle, depuis sa naissance, à sa robe claire, à ses yeux humides. Une pensée un peu bête me tourne dans la tête : la vachette va me manquer.

– Où vas-tu avec cette vache ? me demande l'un des gardes à la porte du palais.

– C'est un cadeau pour le roi, je réponds. Elle est née aussi blanche que la neige.

Le garde me laisse passer, en me regardant étrangement, peut-être parce que j'ai l'air triste.

Une fois entrée dans le palais, je m'assieds sur un muret. Je ne parviens pas à admirer autour de moi le jardin de palmes, les fontaines bleues, les fleurs qui dégringolent des hauts murs, les personnes élégantes qui passent avec leurs belles parures. Au lieu de cela, je caresse pensivement la génisse, son pelage court et doux, ses pattes fines, comme pour faire durer le moment avant que je ne m'en sépare.

Je sais qu'elle sera heureuse ici, cette vache de si grand prix, sous le regard royal. Mais je préférerais la savoir en liberté.

– Tu m'as l'air perdue, me dit quelqu'un au-dessus de moi.

Je lève la tête. C'est un homme élégant, mince, la

peau ambrée. Il a un sourire léger et tendre, et porte des vêtements simples mais splendides, cousus de perles. Autour de son bras, juste au-dessus du coude, scintille un large anneau d'or, et, sur son impeccable chevelure d'un noir d'encre, une coiffe colorée. Il est entouré d'autres gens, qui semblent se préoccuper grandement de sa personne.

J'explique, la gorge nouée :

– Je suis venue offrir cette génisse pour qu'elle paisse dans les jardins du roi.

– Ah, répond l'homme. Et tu te sens émue par la beauté de cette petite créature, et incapable d'en faire l'offrande.

– Précisément, je réponds, interdite qu'il ait si bien lu dans mes pensées.

Je le fixe avec attention. Depuis ma transformation en humaine, je n'ai pas entièrement regagné mes pouvoirs d'auparavant ; peut-être parce que je suis dans une contrée différente, peut-être parce que ces gens-ci sont protégés de mes regards par quelque magie locale. Pourtant, en plissant les yeux, je vois autour de certaines personnes se déployer des auras froides ou chaudes, je vois pétiller en eux la bienveillance, ou au contraire l'éclat terne d'une pensée métallique et sans tendresse.

Cet homme-là est une explosion de sagesse et de douceur, son visage, quand je l'observe, cerclé d'un disque jaune comme le soleil.

– Ce n'est pas une faiblesse, me dit l'homme, que d'être triste à l'idée de faire don d'un tel animal. C'est un signe d'humanité que de regretter sa présence à tes côtés. Viens avec moi.

Il me tend la main. Je me relève et marche près de lui, et nous faisons un drôle d'équipage, ce jeune homme élégant, son cortège, et moi et la génisse blanche. Il me fait faire le tour du palais, me pose des questions. Il a remarqué que j'avais un accent ; je lui dis d'où je viens, je ne lui raconte pas tout – il y a des secrets qu'il vaut mieux, pour le moment, garder. Son bras doux et mince soutient le mien. Il n'a pas la force et la froideur de Zeus ; il est leste et tiède comme une gazelle, extrêmement agréable ; charmant.

– Mais où es-tu née de l'autre côté de la mer ?

– Dans le royaume d'Argos, où le roi, mon père, Inachos, veille sur une vallée abondante et prospère.

L'homme s'interrompt, me regarde fixement.

– Le roi ton père ? Est-il toujours en vie ?

– Par les dieux, je l'espère, mais cela fait si longtemps que je ne l'ai pas vu.

– Tu es donc la princesse d'un royaume étranger ?

– On peut dire cela, mais j'ai depuis plusieurs saisons quitté ce royaume.

– Et tu gardes maintenant des vaches pour l'une des habitantes de cette cité ?

– Il n'y a rien de honteux à cette occupation.

– Et ce petit enfant ? Il n'a pas de père ?

Épaphos, qui s'agrippe à mon épaule, sourit gaiement lorsque le jeune homme lui ébouriffe les cheveux.

– Tous les enfants ont un père, dis-je avec précaution, mais prononcer le nom de celui-là m'exposerait au ridicule, sauf si je m'adressais à quelqu'un qui ait le cœur ouvert et soit prêt à croire à ma sincérité.

L'homme me regarde, semble méditer ces mots ; me parle encore un peu, puis me laisse devant la porte du palais.

– Retourne voir ton amie avec cette petite vache, me dit-il. Le palais se passera d'elle pour le moment.

Je reviens, un peu désorientée, dans la maison d'Asma, où les enfants jouent avec un chat pendant qu'elle fait cuire des légumes. Elle est surprise de me voir de retour avec la génisse. Lorsque je lui raconte l'incident, elle se plaque les mains contre la bouche.

– Io, s'écrie-t-elle, cet homme est le roi !

– Le roi ?

– Notre jeune pharaon* ! Une personne d'une immense générosité et d'une grande fermeté. Grâce aux dieux, il dirige son royaume avec le cœur d'une jeune fille et la poigne d'un homme mûr.

– J'ai remarqué qu'il était plein de qualités, je murmure.

– Comme il est bon de s'être arrêté pour te parler,

alors que tu avais l'air d'une simple bergère et que tu tenais ton fils qui n'a pas de père !

Nous passons toute la nuit à parler de ce jeune pharaon et de sa gentillesse, et Asma me fait un inventaire si détaillé de sa piété et de ses bonnes œuvres que j'ai du mal à ne pas me sentir le cœur serré à son évocation. Il est donc possible pour certains hommes, qu'ils soient mortels ou demi-dieux, pâtres ou rois, de ne pas s'occuper uniquement de leurs propres affaires, et de s'intéresser aux gens simples et humbles.

Nous en parlons si longtemps, si longtemps, que l'aube vient frapper à la fenêtre alors que nous sommes toujours éveillées…

Mais pas seulement l'aube. Aussi un messager.

– Le roi demande à la princesse d'Argos de lui faire l'honneur d'une visite au palais.

Je pourrais détailler les jours, les semaines qui ont suivi – mais à quoi bon ? Tout est déjà compris, j'en suis certaine, par ceux et celles qui lisent ces lignes. Et puis, contrairement à ce qui s'était passé avec Zeus, il y a dans ma relation avec le pharaon quelque chose d'intime et de secret, quelque chose dont je ne voudrais pas tout dire… Car entre deux êtres dont les destins n'auraient jamais dû se croiser, et qui pourtant se heurtent l'un à l'autre si tendrement, il y a un mystère qu'il vaut mieux ne pas tenter d'expliquer.

Pour le mariage, célébré en grande pompe, en accord avec la tradition, pendant plusieurs semaines, mon père Inachos a fait le déplacement. Il a traversé la mer dans un grand bateau et il m'a apporté des olives et du vin de notre royaume.

J'ai reçu les parures et les vêtements qui siéent à une reine, et j'ai continué avec mon époux les bonnes œuvres qu'il avait instituées pendant son règne.

Le roi, mon mari, considère Épaphos comme son propre fils, et les dieux ne nous ont pas, pour l'instant, envoyé d'autre héritier. Peu importe, car l'enfant est plein de santé, et s'il plaît aux dieux, il grandira pour être, comme le père qui l'a adopté, un roi juste et bon.

Je marche chaque jour, avec mes servantes, dans les rues de la cité. J'interviens en faveur de ceux qui n'ont rien, contre ceux qui cherchent encore à leur confisquer des choses. Je vais souvent voir Asma, qui a retrouvé un mari et qui continue à élever ses quelques vaches.

Parfois je disparais.

Le roi sait que cela arrive, et que je reviens chaque fois. Il ne sait pas où je vais, mais il ne me pose pas de questions : il me laisse libre de m'enfuir et, quand je le souhaite, de revenir.

Où je vais ?

Le long des côtes, là où le sable rencontre la mer, loin de toute activité humaine, loin des rues bondées de la cité.

Ce que je fais ?

Je cours, je cours.

Je galope !

À travers les champs, sur les dunes et en haut des falaises, je cours, je cours, et je sens tous les muscles de mon corps se délier. Parfois sans aucun vêtement, parfois toute une journée, je cours jusqu'à ce que tout mon être soit en feu de douleur et de liberté.

Quelqu'un qui me verrait pourrait se dire que je suis poursuivie par le sort, par un supplice atroce envoyé par le ciel…

Mais ces courses-là, c'est moi qui les ai choisies, et elles ont le goût de la mer et du soleil.

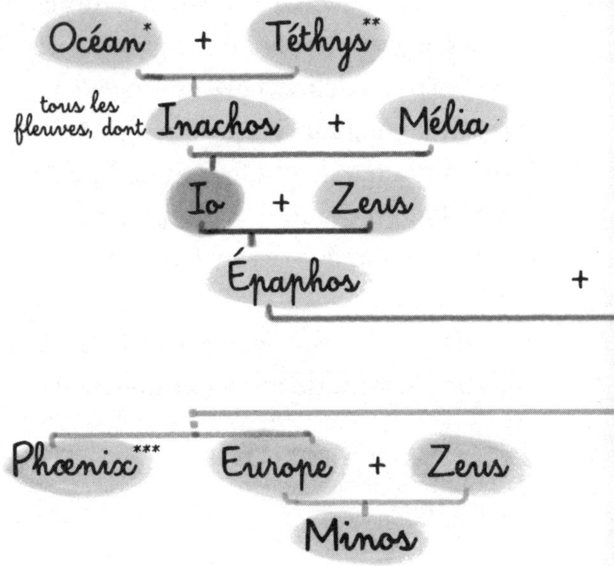

* Titan, fils de Terre et de Ciel ; dieu-fleuve qui borde la Terre.

** Titane ; divinité marine.

*** Phœnix renvoie à Phénicie.

Généalogie d'Io

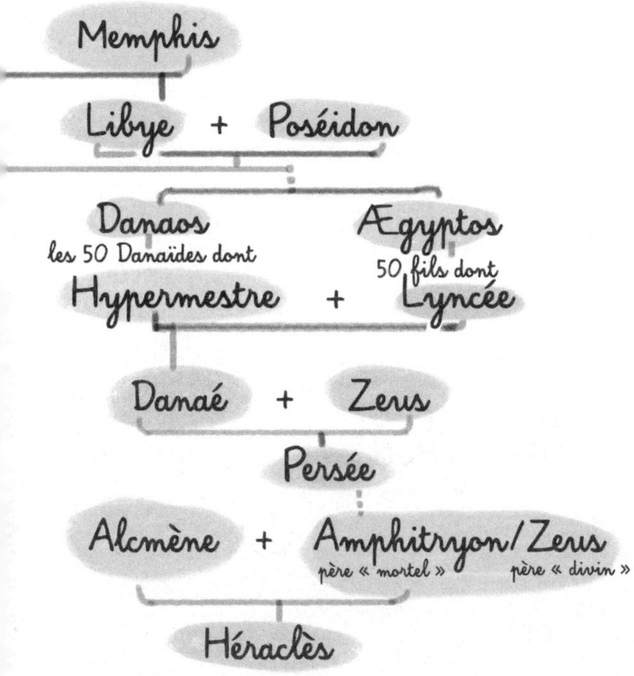

Caucase
Pont-Euxin
(Mer Noire)
Bosphore
MACÉDOINE
Mt Olympe
Dodone
Delphes
Mer Ionienne
Argos
Athènes
PÉLOPONNÈSE
CRÈTE
Byblos
Mer Méditerranée
PHÉNICIE
LIBYE
ÉGYPTE
Nil

- Le monde d'Io -

POUR MIEUX CONNAÎTRE IO

L'ORIGINE D'IO

Io est un personnage fictif, dont l'origine grecque ne fait guère de doute. Mais certains éléments de sa légende témoignent des relations, réelles ou fantasmées, que la Grèce entretenait avec les pays environnants. En ce sens, ils peuvent avoir quelque valeur historique.

Cette légende nous a été transmise par la littérature grecque, puis romaine.

Littérature grecque classique

• Dès l'**âge archaïque** (VIIIe s. av. J.-C.), le personnage d'Io est mentionné dans l'***Iliade*** d'Homère.

• **À l'âge classique** (V^e^-IVe s. av. J.-C.)

— La légende d'Io telle que nous la connaissons repose sur deux **tragédies*** d'Eschyle (525-456 av. J.-C.), dont la jeune femme n'est toutefois jamais le personnage principal.

Dans ***Les Suppliantes*** (464-463 av. J.-C.), les Danaïdes*, lointaines descendantes d'Io, content sa douloureuse histoire : Zeus s'éprend d'Io, prêtresse d'Héra, et vainc sa résistance. Pour se venger de cette infidélité, la déesse transforme Io en génisse. Zeus se métamorphose à son tour en taureau. Héra charge alors Argos, géant aux cent yeux, de surveiller Io. Mais Zeus envoie Hermès tuer ce dernier. Héra riposte avec un taon qui poursuit la génisse de ses piqûres. Pour lui échapper, Io s'enfuit à travers le monde. Finalement, elle arrive en Égypte, où Zeus lui rend sa forme première et, d'une caresse, lui permet d'accoucher de son fils Épaphos (« le Toucher »), qui sera l'ancêtre de plusieurs dynasties royales.

Dans ***Prométhée enchaîné*** (v. 457 av. J.-C.), Io rencontre dans sa fuite Prométhée enchaîné à un rocher. Elle a forme humaine, mais porte des cornes. Elle est épouvantée par le taon qu'elle assimile aux Érynies*, chargées, selon les anciens Grecs, de poursuivre les meurtriers (car elle se sent responsable de la mort d'Argos). Elle raconte au héros comment Zeus parvint à la posséder, avant de la transformer en génisse. En réponse, Prométhée détaille le long et dur chemin qu'elle devra encore parcourir, d'ouest en est, du nord au sud (ce parcours n'est pas le même que dans *Les Suppliantes*). Puis il lui annonce sa délivrance en Égypte. Lui-même sera libéré par le plus célèbre descendant d'Io : Héraclès*.

– À la même époque, le **poète** Bacchylide (début du

ve s. av. J.-C.) compose « Io. Pour les Athéniens » (***Odes***, XIX).

– Quelques **historiens** toutefois considèrent qu'Io est un personnage réel, qui s'est bien rendu en Égypte, mais pour un motif qui n'avait rien de merveilleux. Le plus important d'entre eux est Hérodote, le « père de l'Histoire ». Dans son ***Enquête***, I, 1 et II, 41 (ve s. av. J.-C.), il rapporte qu'elle aurait été enlevée par des marins phéniciens, ou qu'elle aurait embarqué de son plein gré, étant enceinte, pour échapper à la honte ; par ailleurs il l'assimile à la déesse égyptienne Isis*, et son fils Épaphos au dieu Apis* (II, 153).

Période romaine

• Poètes latins

– Virgile évoque Io dans son ***Énéide***, VII, 791 (30-19 av. J.-C.) ;

– Valerius Flaccus (***Les Argonautiques***, Ier s. ap. J.-C.) également ;

– La légende d'Io figure surtout dans ***Les Métamorphoses***, I (début du Ier siècle ap. J.-C.) d'Ovide. Le poète innove, semble-t-il, en introduisant le motif de la nuée qui arrête Io dans sa fuite et permet au dieu de lui imposer son désir. Il développe le désarroi d'Io métamorphosée en génisse et ajoute une scène de reconnaissance très touchante entre père et fille : Io écrit de son sabot son nom dans la terre.

Attention, Ovide, comme les autres auteurs latins,

« traduit » les noms des personnages : Zeus est Jupiter, Héra – Junon, Hermès – Mercure et Argos... Argus. C'est ainsi que les artistes européens liront l'histoire d'Io...

• **Auteurs grecs**

– Diodore de Sicile (90-30 av. J.-C.) cite Io à plusieurs reprises dans sa ***Bibliothèque historique***, signalant que, selon les Égyptiens, elle serait Isis transposée en Grèce.

– Dans les ***Dialogues des dieux***, du satirique Lucien de Samosate (v. 120-180 ap. J.-C.), Zeus ordonne à Hermès de tuer Argos, de mener Io en Égypte, et de faire d'elle la déesse Isis. Plus aucune mention du taon.

– Pausanias (v. 115-180 ap. J.-C.) dans sa ***Description de la Grèce*** se contente d'évoquer l'installation d'Io en Égypte, sans même mentionner Zeus.

– Enfin le Pseudo-Apollodore (autour de 200 ap. J.-C.) a recueilli diverses traditions anciennes dans sa ***Bibliothèque*** (II, 1-9) ; en particulier, son récit comporte un épisode supplémentaire : Héra fait enlever Épaphos, ce qui oblige Io à reprendre sa course jusqu'à Byblos pour retrouver son fils, avant de revenir en Égypte. Une fois reine, elle introduit le culte d'Isis (Déméter* selon les Grecs) auprès des Égyptiens – qui ensuite la confondront avec la déesse.

Peinture antique

Plusieurs peintures de vases grecs représentent Io,

toujours sous sa forme bovine (parfois étrangement mâle...). On reconnaît aisément Argos aux cent yeux qui recouvrent son corps.

– ***Hermès, Io et Argos***, amphore à figures noires (540-530 av. J.-C.), Munich ;

– ***Héra confiant Io à Argos***, vase attique (v. 460 av. J.-C.), Boston ;

– ***Zeus et Io ; Hermès tuant Argos***, vase à figures rouges (ve s. av. J.-C.), Vienne.

LES VOYAGES D'IO À TRAVERS LES ARTS

Passé l'époque romaine, ni littérature ni musique ne s'intéressent à Io.

Seule exception notable : ***Isis*** (1677), tragédie lyrique écrite par Quinault et mise en musique par Lully. Ce titre reflète la confusion persistante entre Io et la déesse égyptienne.

Arts plastiques

Les représentations nous montrent soit Io séduite par Zeus (sous forme humaine), soit l'intervention d'Héra, soit la génisse surveillée par Argos, soit l'intervention d'Hermès et la mort du bouvier – et la collecte de ses yeux par Héra. Rien ou presque sur ce qui suivra.

Io a inspiré tant d'artistes que nous ne pouvons tous les citer.

– Enluminure

– ***Mercure endort Argus pour libérer Iô*** (XVe s.) *Épître d'Othéa*, de Christine de Pisan.

– Tapisserie

– ***Héra réclamant Io à Zeus*** (1690), ateliers de Bruxelles.

– Dessin et gravure

– ***Jupiter et Io*** (fin du XVIIe s.), dessin de Michel Corneille ;

– ***Jupiter et Io*** (Ire moitié du XIXe s.), dessin d'Eugène Delacroix.

– Peinture

– ***Argus et Io*** (1492-1495), fresque de Bernardino Pinturicchio ;

– ***Io et Jupiter*** (1530), d'Antonio da Corregio, dit le Corrège ;

– ***Junon et la tête d'Argos*** (1610), de Pierre Paul Rubens ;

– ***Junon recevant les yeux d'Argus*** (1615), de Hendrick Goltzius ;

– ***Mercure et Argus*** (v. 1620), de Jacob Jordaens ;

– ***Junon découvrant Jupiter avec Io*** (1618), de Pieter Lastman ;

– ***Junon, Jupiter et Io*** (1672), de Gerbrand van den Eeckhout ;

– ***Io reconnue par son père*** (fin XVIIe s.-début XVIIIe s.), de Victor Honoré Janssens ;

– ***Junon plaçant les yeux d'Argus sur la queue du paon*** (1730-1732), de Jacopo Amigoni ;

– ***La Nymphe Io et Jupiter*** (1748), de Jean Honoré Fragonard ;

– ***Jupiter et Io*** (1827), de Jean-Baptiste Regnault.

– Sculpture

– ***Io*** (2008), de Hilary Ratliff ;

– ***Io*** (2015), de Carol Bove.

IO, VICTIME MAGNIFIÉE PUIS OUBLIÉE

Io, séduite ou violée ?

Io prend place dans la longue série des mortelles aimées de Zeus : Danaé*, Europe, Alcmène... Pour la plupart des auteurs, le fait d'être distinguée par le roi des dieux peut bien se révéler dangereux (Héra est une épouse jalouse !), mais c'est un privilège. Privilège voluptueux qu'illustre le tableau du Corrège : le corps féminin s'abandonne avec un plaisir certain à l'étreinte de la sombre nuée dont Jupiter a pris l'apparence.

Pourtant, cette nuée, selon Ovide, n'est que violence : *« Le dieu, couvrant au loin la terre de ténèbres, arrêta sa fuite et triompha de sa pudeur. »* (*Métamorphoses*, I, vers 599 et 600). « Triompher de la pudeur » (on traduit parfois « de l'honneur ») est une façon détournée de dire « violer ».

On sait bien que, pour assouvir ses désirs, Zeus n'hésite pas à utiliser la ruse (il prend l'apparence d'Amphitryon, mari d'Alcmène, pour passer la nuit avec elle) ou la force (sous la forme d'un taureau, il enlève Europe). Qu'en est-il pour Io chez Eschyle ?

Dans *Prométhée enchaîné* (vers 647 à 654), Io rêve sans cesse du roi des dieux et en est bouleversée. Eschyle pourrait ainsi suggérer qu'Io n'est pas violentée mais bel et bien séduite par Zeus : *« Sans cesse, des songes [...] me disaient [...] : "Oh, jeune fille, pourquoi si longtemps garder ta virginité ? [...] Rassasie enfin le désir qui brûle dans les yeux de Zeus." »*

Mais ce désir, Io le partage-t-elle ? Ou bien n'est-elle que le jouet de la divinité ? Tous les dieux utilisent les rêves pour faire part de leurs volontés aux mortels. Et Zeus ne se contente pas de ces rêves, puisque, par l'intermédiaire de ses oracles*, il réussit à imposer à Inachos de bannir sa fille – la privant ainsi de toute protection, la laissant livrée à son seul désir, en son seul pouvoir.

La métamorphose

Mais l'essentiel de l'histoire d'Io se joue à partir de l'instant où elle est métamorphosée en génisse.

Imputée à Héra, la métamorphose est un acte de vengeance de la divinité à la cruauté réfléchie. En ôtant à la jeune fille son apparence humaine, Héra la prive de ce corps qui a séduit Zeus ; en la réduisant à l'état animal, elle augmente encore la distance avec son propre statut de déesse ; tout simplement, elle la prive de son humanité. La sculpture de H. Ratliff, qui enferme une statuette féminine dans un bocal dont le couvercle est surmonté d'une tête de génisse blanche exprime ainsi le désarroi d'Io devenue prisonnière d'un corps qui n'est pas le sien.

Pour les auteurs qui attribuent ce changement à Zeus, il s'agit évidemment d'un déguisement protecteur : Zeus cherche à soustraire la jeune fille à la colère d'Héra dont il connaît la jalousie. Mais Héra n'est pas dupe : un dieu, et celui-là en particulier, peut prendre la forme qu'il désire ; homme ou taureau, quelle différence pour lui ? Elle trouve encore un moyen de se venger, ici en lançant le taon aux trousses de sa rivale.

Io suppliciée – pour quelle faute ?

Avec le taon (*oïstros* en grec) qui la taraude et l'amène à fuir sans fin de par le monde, Io rejoint le cortège des suppliciés de la mythologie grecque : Prométhée enchaîné sur le mont Caucase et condamné par Zeus à avoir le foie (sans cesse renaissant) dévoré par un aigle ; les Danaïdes condamnées, aux Enfers, à remplir d'eau, sans fin, des jarres percées...

Mais Prométhée a dérobé le feu divin pour l'offrir

aux hommes, malgré l'interdiction de Zeus ; les Danaïdes (sauf une, Hypermestre) ont assassiné leurs époux durant la nuit de noces : leur supplice est châtiment.

De quel crime comparable Io s'est-elle donc rendue coupable ? Nul crime, à nos yeux. Sauf si le désir (sens figuré du nom *oïstros*) pour Zeus qu'Io exprime dans ses rêves est en tant que tel une faute ! Dans la Grèce d'Eschyle, c'est une faute grave pour une femme que de se laisser guider par son désir. La femme, éternelle mineure, passe de la tutelle de son père à celle de son mari et ne choisit évidemment pas celui-ci. Si elle jette son dévolu sur un amant, elle échappe à cette tutelle et si, de plus, elle est mariée, elle fait courir à son époux le risque de prendre pour sien l'enfant d'un autre.

Mais plus généralement, qu'Io ait suscité le désir de Zeus suffit à la rendre coupable aux yeux d'Héra – d'autant qu'il est impensable de punir Zeus...

Io glorifiée

Io trouvera la contrepartie de ses souffrances dans la gloire dont elle bénéficie – en Grèce ancienne. D'abord (dit la mythologie), elle donne son nom au Bosphore (le détroit « qui porte la vache ») et à la mer Ionienne.

Elle est surtout la première à établir un lien aussi fort entre Grèce et Égypte. Or ce pays brille, aux yeux des Grecs, de l'éclat de sa civilisation qui remonte loin, vingt-cinq siècles plus tôt ! L'âge classique grec (ve s. av. J.-C.)

est contemporain de la dernière période de cette civilisation. Même si les anciens Grecs n'avaient pas de notions précises de chronologie, les merveilles construites auparavant (temples, pyramides...) étaient encore visibles. Avec Io, les Grecs revendiquent leur part de la splendeur égyptienne.

Pas seulement de l'Égypte, d'ailleurs, mais bien de tout le Moyen-Orient : la descendance d'Io compte Libye, Ægyptos – aux noms transparents –, Danaos, père des Danaïdes (Homère désigne souvent les Grecs du nom de Danaens), Agénor, roi de Phénicie et père d'Europe... Ainsi la mythologie fait d'Io l'ancêtre tant de la Grèce que de l'Égypte, de la Libye, de la Phénicie, de l'Europe – sans compter, bien plus tard, des héros Persée* et Héraclès !

S'agit-il de revendiquer une origine grecque au Bassin méditerranéen oriental et à tout le Moyen-Orient ? Ce serait alors une forme de colonisation au moins culturelle... D'ailleurs, les errances d'Io dessinent à travers Europe, Asie et Afrique, le monde connu des Grecs.

À l'inverse, on sait que le taureau (Apis est le taureau sacré) est un fort symbole de puissance et de fécondité mâle, tant en Perse et en Mésopotamie qu'en Égypte ; la vache aussi est symbole de fécondité, comme en témoigne la déesse-vache égyptienne Hathor*, confondue tardivement avec Isis. La légende d'Io serait-elle née au Moyen-Orient, avant d'être assimilée par les Grecs ?

Io oubliée, puis retrouvée ?

On voit par ce qui précède que la gloire d'Io est intimement liée au monde grec. Mais, avec l'essor du christianisme, les aventures des dieux grecs deviennent des contes mensongers, au mieux de belles histoires, comme celles des amours de Zeus. Or parmi les amantes de Zeus, on confond aisément Io avec Europe, son image inversée : c'est le dieu qui, sous la forme d'un taureau blanc, emporte Europe de Phénicie en Grèce. Et Europe bénéficie évidemment de la notoriété que lui donne aujourd'hui son nom. Comme victime, comme suppliciée, Io n'est qu'une parmi tant d'autres... Que reste-t-il d'elle alors, de son histoire, si sa course folle, si son lien avec l'Égypte ne font plus sens ?

La disparition de cette partie de la légende se dessine déjà à l'époque romaine : Ovide résume la course d'Io en un vers et sa déification en un autre vers (vers 627 et 647) ; et Lucien omet complètement le taon ! Même avant cela, l'art pictural grec ancien ne conserve d'Io que l'image d'une vache, paisible. Elle est au centre du drame, certes, mais les acteurs en sont les personnages masculins, Zeus, Hermès, Argos – et Héra. Ni la course, ni la souffrance intérieure ne se traduisent aisément en peinture ! Surtout s'agissant d'un bovidé...

Il en va de même dans l'art européen moderne. Io est bien présente dans les titres, mais dans les représentations ? Elle figure dans des tableaux bucoliques, vache paissant souvent parmi d'autres, entre Argos et Hermès à l'allure de bergers (J. Jordaens) ; ou bien presque incongrue à côté d'Héra richement parée (G. van den Eeckhout) ; quand elle ne disparaît pas complètement au profit d'Argos, personnage bien plus pittoresque avec ses cent yeux, bien plus saisissant décapité par Hermès (Rubens)...

Les seuls tableaux où Io prend quelque importance sont ceux où elle a forme humaine. Mais que ce soit celui du Corrège ou celui de Fragonard, l'accent est mis sur la sensualité du corps. Vision masculine ? Bien différente en tout cas de celle d'Eschyle !

Un tournant pourtant semble s'être amorcé récemment. Après une quasi-disparition de plus d'un siècle, Io est à nouveau représentée, dans des œuvres dont elle est seule le sujet.

Nous avons déjà cité la sculpture de H. Ratliff. Quant à celle de C. Bove, plantée en plein parc de Beverly Hills, elle est aussi intrigante qu'ambitieuse. Formée d'une monumentale tubulure d'acier en spirale uniformément peinte de blanc, elle réussit à rassembler la couleur de la génisse, les méandres du nuage qui enserre Io, et les sinuosités de son parcours quand elle fuit devant le taon.

Est-ce une coïncidence si ces artistes sont des femmes ? Io sera-t-elle réhabilitée par une approche sinon féministe, du moins féminine ? On peut le souhaiter...

Lexique

Apis : taureau sacré égyptien, fils du dieu Ptah, le créateur, il conserve, quand il a forme humaine, une large paire de cornes enserrant le disque solaire ; symbole de fertilité, de puissance sexuelle et de force. Les Grecs reconnurent en lui Épaphos, fils d'Io. À époque gréco-romaine, assimilé à Osiris, il fut adoré sous la forme de Sérapis.

Apparence [divine] : les dieux grecs ont une apparence humaine, mais ils peuvent en changer à leur gré. Zeus en particulier use de ce don pour approcher celles (ou celui) qu'il désire : il se fait cygne pour séduire Léda, pluie d'or pour pénétrer la chambre close de métal où est enfermée Danaé, aigle pour enlever le jeune pâtre Ganymède…

Danaé : fille d'Acrisios, roi d'Argos. Un oracle ayant prédit à ce dernier qu'il mourrait de la main de son petit-fils, Acrisios enferma Danaé pour éviter qu'elle ne devienne mère. Mais Zeus, sous la forme d'une pluie d'or, s'unit à elle, et engendra un fils, Persée (*voir ce nom*).

Danaïdes : filles de Danaos. Ægyptos, leur oncle, les oblige à épouser ses cinquante fils. La nuit de noce, elles tuent leurs maris – sauf une, Hypermestre. Après leur mort, elles sont condamnées aux Enfers à remplir éternellement d'eau des jarres percées.

Déméter : fille de Cronos et de Rhéa, sœur de Zeus, c'est la déesse des moissons, de la terre cultivée.

Devin : prêtre qui possède l'art de connaître l'avenir, la volonté des dieux. Le plus souvent, il interprète les signes envoyés par les dieux (dans les entrailles des animaux sacrifiés, le vol des oiseaux...). Mais certains sont réputés être directement inspirés par un dieu (souvent Apollon).

Enfers : séjour des morts (il n'y a pas, chez les anciens Grecs, d'opposition du type Paradis/Enfer). On l'appelle aussi « chez Hadès » ou « royaume d'Hadès », d'après le nom du dieu des morts. Contrairement à ce qui se passe selon d'autres religions, les morts n'ont plus vraiment d'existence, ce ne sont plus que de vagues fantômes. Pour les hommes qui aspirent à une vie après la mort, il n'est qu'un moyen : survivre dans la mémoire des générations suivantes, grâce aux poèmes et aux épopées qui chanteront leurs exploits et leurs actions héroïques.
Tout au fond des Enfers se trouve le Tartare, réservé à ceux des morts qui, sur ordre de Zeus, subissent un châtiment éternel, telles en particulier les Danaïdes.

Érinyes : nées du sang d'Ouranos (le Ciel) tombant sur la Terre, antiques déesses de la vengeance du sang. Zeus, fils de

Cronos, a organisé l'univers bien après leur naissance et n'a aucun pouvoir sur elles (pas plus que sur le Destin ou sur les Parques, déesses de la vie et de la mort). Pour les amadouer, on les nomme les *Euménides* (les « Bienveillantes »).

Hadès : dieu des Enfers (*voir ce terme*).

Harpies (ou Harpyes) : elles sont trois monstres à tête de femme sur un corps d'oiseau de proie ; divinités de la dévastation et de la vengeance divine, plus rapides que le vent, elles dévorent tout sur leur passage, ne laissant que leurs excréments.

Hathor : déesse égyptienne de l'amour, la beauté, la joie et la maternité, elle est représentée sous forme de vache, ou, sous forme humaine, avec une grande paire de cornes enserrant le disque solaire. Nourrice du pharaon, épouse d'Horus, elle fut confondue tardivement avec Isis, mère de ce dernier.

Héra : fille de Cronos et de Rhéa, sœur et épouse de Zeus, elle est la déesse protectrice du mariage et des femmes mariées. Elle est terriblement jalouse, et il faut dire qu'avec Zeus, elle a de quoi l'être ! Elle poursuit rivales et ennemis d'une haine tenace.

Héraclès : le plus grand héros grec, fils de Zeus et d'une mortelle, Alcmène. Il est célèbre pour ses « travaux », qui l'ont conduit du Péloponnèse, dont il est issu, jusqu'aux confins du monde connu, et même jusqu'aux Enfers. Après sa mort, il fut reçu par les dieux sur l'Olympe, eu égard à ses exploits, à ses vertus et aux souffrances endurées.

Hermès : fils de Zeus et de Maïa, muni de sandales et d'un casque ailés, il est le messager des dieux, de Zeus particulièrement. Il est aussi le dieu protecteur des voyageurs, des commerçants et... des voleurs. Enfin, il accompagne les morts au royaume d'Hadès.

Icare : fils de Dédale, il fut emprisonné avec son père dans le Labyrinthe qui avait enfermé le Minotaure en Crète. Pour s'en échapper, Dédale imagina de confectionner des ailes, maintenues avec de la cire. Mais Icare, oubliant les recommandations de son père, s'éleva trop haut, et le soleil fit fondre la cire. Icare mourut noyé dans la mer Égée.

Isis : principale déesse égyptienne, elle réussit à ressusciter son frère et époux Osiris, le temps de s'unir à lui et de concevoir le dieu Horus. Elle est déesse guérisseuse et protectrice, dispensatrice de vie et protectrice des défunts. Elle se confond tardivement avec Hathor, la déesse-vache de l'amour et de la fécondité, épouse d'Horus. Elle est assimilée par les Grecs à Déméter (déesse des moissons). Son culte se développa dans le monde grec (fin du IVe s. av. J.-C.) puis romain (Ier s. av. J.-C.).

Libation : offrande à un dieu de quelques gouttes de vin, de lait, d'huile ou d'eau miellée, qu'on versait à terre ou sur l'autel. Le vin restant était ensuite bu par les convives.

Nymphes : divinités féminines secondaires qui peuplent la nature. On les représente comme de gracieuses jeunes filles.

Offrande : objet offert à un dieu sur son autel, dans son temple ou sur son domaine d'action (les champs, la mer…), pour se le concilier ou le remercier. Certaines offrandes sont fixées par le rite (fruits, farine, gâteaux…), d'autres dépendent du donateur, le plus souvent des objets précieux.

Olympe : le plus haut mont de Grèce (2 917 m), au sommet souvent caché par les nuages. C'est là que résident les dieux de la dernière génération, ou « Olympiens », dont le roi – Zeus – a imposé à l'univers son ordre actuel. Les Olympiens sont les frères de Zeus (Poséidon, parfois Hadès), ses sœurs (Héra son épouse, Déméter parfois) et ses enfants (Athéna, Hermès…).

Oracle : réponse donnée par un dieu à ceux qui le consultent, généralement dans son sanctuaire ; désigne aussi ce dieu, son interprète ou le sanctuaire où il rend ses oracles. Les principaux sont ceux de Delphes (sanctuaire d'Apollon, qui abrite le « nombril » du monde, et où officie la Pythie) et de Dodone (sanctuaire de Zeus, où les prêtres interprètent le bruissement du feuillage des chênes sacrés !).

Persée : fils de Danaé et de Zeus, il est célèbre pour avoir décapité Méduse, la seule Gorgone mortelle, dont les yeux pétrifiaient tous ceux qui croisaient son regard. Il délivra ensuite

Andromède du dragon à qui elle était destinée, et finit par tuer accidentellement son grand-père Acrisios (*voir Danaé*).

Pharaon : nom attribué au roi d'Égypte antique d'après la Bible.

Prométhée (le « Prévoyant ») : Titan, ou plutôt fils du Titan Japet, et donc cousin de Zeus. Il est surtout connu pour avoir toujours été l'allié des hommes, en particulier en leur offrant le feu, dérobé sur l'Olympe. Il fut condamné pour cela à être enchaîné et à avoir le foie dévoré jour après jour par un aigle – jusqu'à ce qu'Héraclès le délivre.

Sacrifier : offrir à un dieu un ou des animaux, qu'on égorge en son honneur. L'animal, dépecé et découpé, est partagé entre les dieux (graisse et os brûlés) et les hommes (viande bouillie et grillée). Avant cela, un prêtre examine ses entrailles pour y lire l'avenir ou la volonté des dieux. L'animal offert dépend du dieu (animal noir pour Hadès, dieu des Enfers, par exemple), ainsi que de la fortune de celui qui offre le sacrifice ! Les particuliers pauvres « sacrifiaient » des figurines en forme d'animal…

Styx : fleuve des Enfers, dont les eaux ont pouvoir de vie (elles rendent invulnérable le mortel qui y est plongé) ou de mort. Ce nom (féminin en grec) est celui d'une déesse ancienne, à qui Zeus a accordé d'être garant des serments divins : les dieux qui se parjurent après avoir juré « par le Styx » sont comme paralysés pendant dix « grandes » années – soit dix mille ans –, ce qui est le plus proche de la mort pour des immortels.

Temple : demeure du dieu, le plus souvent fermée au public. Le dieu y réside sous forme de statue.

Tragédie : forme théâtrale née à Athènes au VIe siècle avant J.-C. et qui s'épanouit au Ve. Représentée lors de grandes fêtes religieuses, elle mettait en scène un épisode de la vie d'un héros, menacé par des forces supérieures, dieux ou destin. Pendant toute la pièce, ce personnage cherche à échapper à cette menace, en vain. Rien n'apaise les dieux : le héros est rattrapé et écrasé par son destin.

Zeus : fils de Cronos et de Rhéa, roi des dieux, dieu du ciel et de la foudre. Il est le garant des lois et des serments, et protège suppliants, étrangers et mendiants.
Il est frère ou père de presque tous les dieux olympiens (qui résident sur le mont Olympe en Grèce), et père de nombreux héros. C'est que, volage, il ne peut résister au charme féminin, chez les mortelles comme chez les déesses.

L'AUTRICE,
CLÉMENTINE BEAUVAIS

Clémentine baigne dans la mythologie grecque – le sang versé des victimes du Minotaure, les vagues qui bordent l'île de Calypso, l'eau du tonneau des Danaïdes – depuis son plus jeune âge, car son père, à qui ce roman est dédié, lui racontait chaque soir une histoire avant d'aller dormir. Plus tard, elle a avalé l'un après l'autre tous les livres qui se trouvaient sur son passage. Elle est devenue autrice de livres pour enfants et adolescents et travaille dans une université en Grande-Bretagne, où elle vit depuis 2006. Elle porte pour troisième prénom Hécate, déesse grecque de la sorcellerie et des chemins de traverse. Idéal pour cette amoureuse de la mythologie... et d'*Harry Potter*.

Dans sa réécriture du mythe d'Io, Clémentine a voulu créer un personnage de jeune fille tout au bord de l'âge adulte, pleine de désirs puissants et ambivalents, séduite par Zeus mais aussi aspirée par un idéal, plus vaste, de liberté.

De la même autrice :

La plume de Marie, Éditions Talents Hauts, 2011.

La louve, album illustré par Antoine Déprez, Éditions Alice, 2014.

Les petites reines, Éditions Sarbacane, 2015.

Songe à la douceur, Éditions Sarbacane, 2016.

Ameline, joueuse de flûte, album illustré par Antoine Déprez, Éditions Alice, 2018.

Table des matières

Dans la même collection

Œdipe le maudit / Marie-Thérèse Davidson
Un Piège pour Iphigénie / Évelyne Brisou-Pellen
Les Cauchemars de Cassandre / Béatrice Nicodème
Les Combats d'Achille / Mano Gentil
Ariane contre le Minotaure / Marie-Odile Hartmann
Le Secret de Phèdre / Valérie Sigward
Orphée l'enchanteur / Guy Jimenes
Rebelle Antigone / Marie-Thérèse Davidson
Hector, le bouclier de Troie / Hector Hugo
Les Brûlures de Didon / Gilles Massardier
Médée la magicienne / Valérie Sigward
Le Bûcher d'Héraclès / Hector Hugo
La Quête d'Isis / Bertrand Solet
Prométhée le révolté / Janine Teisson
Les Larmes de Psyché / Léo Lamarche
Persée et le regard de pierre / Hélène Montardre
Thésée revenu des Enfers / Hector Hugo
Zeus à la conquête de l'Olympe / Hélène Montardre
L'Amère Vengeance de Clytemnestre / Michèle Drévillon
Ulysse, l'aventurier des mers / Hélène Montardre
Romulus et Remus, fils de Mars / Guy Jimenes
Perséphone, prisonnière des Enfers / Guy Jimenes
Jason et le défi de la Toison d'or / Nadia Porcar
Icare aux ailes d'or / Guy Jimenes
Méduse, le mauvais œil / Anne Vantal

Mise en pages : Nord Compo à Villeneuve-d'Ascq
N° d'éditeur : 10236302 - N° d'imprimeur : 806172 - Dépôt légal : août 2018
Achevé d'imprimer en août 2018 sur les presses de la Nouvelle Imprimerie Laballery
58500 Clamecy, France